三月みどり
illust.なえなえ
JN229824
ラブコメの
神様なのに
俺のラブコメを
邪魔するの？
だって
好きなんだもん

月宮アテナ
ラブコメの神様。
優吾を好きになり転校してきた。
彼の告白を邪魔をしてくる。
Athena Tsukimiya
俺の告白が失敗していた理由

「ほ、本当だぞ！　嘘ではない！
何故なら、我がラブコメの
神様だからだ！」
桐島優吾
主人公。初恋の相手・天真陽鞠に
15回告白をしようとして、
全て謎の現象に巻き込まれ失敗。
Yuugo Kirishima

「……優吾くん、いまひまりのエッチな格好想像したでしょ？」
きがえ中

てんしんひまり
天真陽鞠
優吾をからかうのが好き。
一年の時にイメチェンして
一躍学園のアイドルになった。
Himari Tenshin

「もし今ここでお前が
自分の気持ちを明かさなかったら、
俺がお前の姉を貰う。
そしてこの場でこの大きな胸を
揉みしだくぞ」
ラブコメ神様たちの活動中

つき みや
月宮ユノ
アテナの妹。シスコン。
アテナへのガチの想いのため、
姉妹の関係に悩んでいる。
Yuno Tsukimiya

Contents

ラブコメの神様なのに俺のラブコメを邪魔するの?
だってなんだもん

三月みどり

MF文庫J

口絵・本文イラスト●なえなえ

プロローグ

桜吹雪が舞う季節。

茜色の光が屋上のアスファルトを照らす中、俺はある人を待っていた。

ガチャリ。

不意に扉が開くと、現れたのは端整な顔立ちの美少女。

「あっ、優吾くんだ」

俺を見つけると、彼女はにこっと笑ってそう口にした。

「よ、よう」

俺は軽く手を上げて挨拶を返す。

だが緊張しているせいか、だいぶぎこちなくなってしまった。

「急にこんなところに呼び出して、どうしたのかなぁ？」

こちらに近づいてくると、美少女は少し前かがみになりながら上目遣いで訊ねてきた。

すごく可愛い。

「そ、その……天真……」

震えた声で彼女の名前を呼ぶ。

心音がやけに耳に響く。苦しい。

でも、ここでビビッてちゃ男じゃない。伝えるんだ。彼女に。俺の気持ちを。

きっと大丈夫。昨日は成功するように神様に五十回以上祈ったんだ。この恋、絶対に成就させてくれるさ。

自分に言い聞かせるようにすると、俺は口を開いた。

「天真！　俺はお前のことが――」

刹那、景色が変わった。

「っ！」

突然の出来事に驚きつつ周りを見渡す。

すると、視界にはサッカーゴールや陸上トラックが映り、そこにはユニフォームを泥だらけにしながらそれぞれの部活に励む生徒たちの姿があった。

「……またか」

そう呟いたのち、状況を理解する。

どうやら今回俺は屋上からグラウンドへと『テレポート』してしまったようだ。

「危ない！」

そんなことを思っていると、不意に男子生徒の声が聞こえた。

気が付くと、いつの間にか目前にはサッカーボールが物凄い勢いで飛んで来ていた。

あっ、これ避けられねぇわ。

直後、サッカーボールは見事俺の顔面にヒット。あまりの衝撃と痛さに倒れると、俺はサッカー部の生徒たちによってすぐさま保健室へと運ばれたのだった。

十五回。

俺——桐島優吾がついさっきまで一緒にいた美少女——天真陽毬に告白しようとした回数だ。

そして、そのすべてがたったいま起きたような謎の現象によって邪魔をされている。

俺の告白を邪魔していたのはラブコメの神様だった

四月中旬。窓から暖かな日差しが差し込む朝の教室では、クラスメイトたちが楽しそうに談笑していた。

「ひまりちゃん、昨日のお笑い番組見た？」

「ねぇひまりちゃん。今日あたしたちと一緒にカラオケに行こうよ」

「ひまりたん可愛い（かわい）。サイコー」

窓際の一番後ろである俺の席から二つ前。

イケメン男子やギャル系女子、二次元大好きなオタク等々。様々な生徒たちが同じ名前を連呼していた。それはたったいま彼ら彼女らが作っている輪の中心にいる美少女の名だ。

「もぉ、みんな落ち着いて。そんなにいっぺんに話しかけられても答えられないよぉ。ひまりの可愛いお耳は二つしかないんだよぉ」

美少女が愛らしい声で冗談っぽく言うと、彼女の周りを囲んでいる生徒たちからは大きな笑い声が生まれた。

天真陽毬。先ほどからクラスメイトの八割はいるであろう集団と会話をしている美少女の名だ。

軽くパーマがかけられた髪は一本にまとめられてポニーテールにされている。

ＪＫの中ではひと際目立つ可愛い容貌。丁度よい大きさの胸。

スカートは短めにしており、下着が見えそうで絶対に見えないラインの長さにしている。

加えて、女子の平均身長よりやや小さめの身体。

全てが男子高校生の理想通りに仕上がっていた。

更にコミュ力は高く非常にフレンドリーで、化粧やお洒落にも詳しいらしい。

それゆえ彼女は男女問わず人気が高く、生徒たちからは学園のアイドルと呼ばれていた。

「やっぱ天真は今日も可愛いな」

窓側の一番後ろの席から天真を眺めながら、一人呟いた。

ここでハッキリ言ってしまうが、俺は天真が好きだ。完全に恋をしてしまっている。

しかも十六年間生きてきて初めての恋。初恋というやつだ。

だが相手は学園のアイドルゆえ、競争率はかなり高い。

学力も運動神経も並み。顔も平均くらい（だと思いたい）の俺が彼女と付き合えるのか
と聞かれると正直厳しいと言わざるを得ない。

「……はぁ。どうにかして天真と付き合えないものか」

窓越しに空を眺めながら、周りに聞こえない程度の声で呟いた。

ちなみに、俺が天真を好きになったのは今から一年ほど前だ。

実を言うと、入学当初の天真は今のような可愛らしい感じじゃなくて、黒髪おかっぱでメガネを掛けた割と地味な女の子だったのだ。

でも、俺が天真を好きになったのはそんな彼女の時だった。


高校に入学して数日が経ったある日。

放課後の掃除を終えて、友人たちが全員塾やら彼女とのデートやらで既に帰っていたため一人帰宅しようと昇降口を出ると、外は吃驚するくらいのドシャ降りだった。

加えて運が悪いことにこの日俺は傘を持ってきていなかったので、雨が通り過ぎるまで仕方がなく昇降口の前で待っていると、

「よかったら、これ」

不意に声を掛けられた。振り返ると、目の前にはメガネを掛けた黒髪おかっぱヘアーで、こう言っちゃ悪いが少し地味めの女子生徒が佇んでいた。

彼女は帰ろうとせずに外を眺めている俺が傘を持っていないことを察したのか、こちらに向かって折り畳み傘を差し出していた。水玉模様でかなり可愛らしい。

「えっ、でも……」

「私は自分の傘があるから。気にしないで」

他方の手に持っている花柄の傘を示したのち、もう一度折り畳み傘を差し出した。

「わ、わかった。じゃあお言葉に甘えて」

有難く傘を受け取る。

それから俺は彼女を見つめながら、礼を言った。

「その……ありがとう」

「うん。どういたしまして」

女子生徒はそう返したのち、こちらを見つめ返しながら不意にニコッと笑った。

「っ！」

刹那(せつな)、明らかに鼓動が跳ね上がったのが自分でもわかった。

「じゃあ私はこれで」

そう言うと、女子生徒は傘をさしてこの場を去ろうとする。

そんな彼女に俺は――

「ま、待ってくれ！」

気が付いたら、どうしてか彼女を呼び止めていた。

それを聞いて女子生徒はゆっくりと身体(からだ)をこちらへと向ける。

「その……あ、あんたの名前を教えてもらってもいいか？」

急な質問に、彼女は少し驚いたような表情を浮かべた。

でもそれから少し口元を緩めて、

「天真陽毬。それが私の名前だよ」

自身の名を明かすと、彼女は静かな足取りで雨の中へと消えていった。

「……てんしん……ひまり……」

見えなくなった彼女の背を眺めながら、俺はぽつりと呟いた。

不意に彼女が見せたあの笑顔。容姿とのギャップと相まってとても可愛かった。

それにこんな見ず知らずの冴えない男にわざわざ傘を貸してくれる温かな人柄。

気が付いたら、そんな彼女の全てに一瞬で惹かれている自分がいた。

そしてこの日、俺は天真陽毬という女の子に生まれて初めて恋をしたのだった。


「と好きになってしまったものの……」

机に突っ伏しながら、俺は大きく溜息を吐いた。

あの雨の日の翌日。なんと天真は俺のクラスメイトであったことがわかった。

これはきっと神様が俺の恋を叶えようとしてくれているに違いない。

そう思った俺はすぐさま天真にアピールすることに決めた。

ひとまず天真と友達になるために休み時間に面倒くさいと思われない頻度で会話を交わすようにし、それなりに仲良くなった後は週に一回は勉強会という口実を使って一緒に放課後を過ごした。

また時には大胆にデートに誘ってみたりもしたのだが、やはり天真が優しい女の子だからか、奇跡的に断られることは一度もなかった。

そんな必死のアピールを続けること数カ月。

その間、先ほども言ったように天真はなぜかイメチェンをした。が、それでも俺の気持ちは一切変わることはなかった。

そして高校一年の十月中旬。俺は初めて天真に告白をした。

結果――返事はもらえなかった。

何故なら、俺の告白は彼女には届かなかったからだ。物理的に。

屋上で天真に告白をしようとした瞬間、なんとパンツの雨が降ってきたのだ。しかもその全てが女性用のパンツだった。

イチゴ柄やレース、Tバック等々。多種多様なパンツが空からひらひらと舞い降りてくる。おかげで雰囲気は台無し。学校中は大騒ぎ。当然告白は失敗した。

……いや、冗談とかじゃなくてホントだよ？

こうして俺の人生初の告白は相手に想いが届くことなく終わったのだった。

ちなみに大量のパンツは不思議なことに数分で消えたので、当初は驚いたもののあまり気にしないようにした。

そして、初めて告白をしてから一カ月後。

当時生徒たちの間で流行(はや)っていたのでそれにあやかって手紙で天真に告白した——が、なぜか手紙は天真が手にした途端に大人気グラビアアイドルの写真に変わってしまい、それを受け取った天真は苦笑いを浮かべていた。無論告白は失敗だ。

一度目の告白はパンツの雨によって失敗。二度目はグラビア写真によって失敗。

この時点で薄々嫌な予感はしていたが、何かしらの偶然という可能性もなくはない。

なので更に一カ月後、俺はまだ試していないメールで告白をした。

しかしメールを送ろうとするたびにエラーが起こり、送り主不明でなぜか銀髪で巨乳の美少女の写真が山ほど送られて来たのだ。

しかも写真一枚一枚全てが別の銀髪巨乳の美少女だった（もちろん写真は保存したが）。

それが何十回と起こり、結局俺は天真に告白のメールを送ることすら出来なかった。

もうなにこれ、新手のいじめですか。

こんな感じで計十五回。俺は告白に失敗している。

何故こんなに告白の回数が多いのかと聞かれると、俺が天真に惚(ほ)れ過ぎていることと天真が他の男に取られることが死ぬほど嫌だからだ。

好きな人へ告白することに慎重になってモタモタしていると、いつの間にか他の男子生徒の彼女になってた、なんていうのはよく聞く話。

それに天真はいまや学園のアイドル的存在。

今月だけで既に二十人以上の男子から告白されていると聞いている。俺としては幸いなことに彼女はその全てを断ったらしいが。

でもこのままだと本当に天真が誰かの彼女になりかねない。

だから俺はなるべく早く天真に告白がしたいのだ。成功したら泣いて喜ぶし、失敗してもまたアタックすればいいだけのことだしな。

……なのに、いくら俺が告白しても相手に気持ちが届かないんだよなぁ、これが。

「このまま卒業まで天真に告白できなかったらどうしよう」

しかも俺の場合、精神的ではなく物理的にだからな。

自信がなくて、とかだったら勇気を振り絞るだけで告白できるが、告白のたびに予測不可能な現象が起こるんだ。対処のしようがない。

「……俺、やっぱ呪われてるのかな」

一人嘆いていると、天真の傍にいる男子生徒たちからこんな会話が聞こえてきた。

「でもひまりちゃんって本当に変わったよな」

「そうだな。入学当初は常にどこにいるのかわからないくらい影が薄い女子だったもんな」

彼らは天真には聞こえないようにひそひそと話していた。俺には丸聞こえだがな。

しかし二人の言っていることは正しい。

前にも述べているが入学して間もない頃、天真は非常に目立たない女の子だった。

だが昨年の夏休み明け。天真は突然イメチェンを敢行。

髪は茶色に染め、軽く化粧もして、スカートも膝下(ひざした)から十センチ近く短くした。

更に口調も変わり、イメチェン前と比較して圧倒的に他人とのコミュニケーションも増えたのだ。

すると、天真の評判は右肩上がりでぐんぐんと伸びていき、あっという間に学園のアイドルとなってしまった。

正直、入学当初からずっと関わってきた俺としては、天真の変わり様には相当驚いた。

しかし、もう一度言うが俺の天真のことが好きな気持ちは一切変わることはなかった。

なぜなら天真はイメチェンして外見こそ変わったものの、彼女の内面は以前と全く変わっていないと感じたからだ。

コンタクトを落とした生徒がいたら一緒に探してあげたり、友達が彼氏に振られて落ち込んでいたら全力で励ましたり。

その姿はイメチェン前と変わらない誰に対しても思いやりのある優しい天真だった。

だから彼女への気持ちが冷めることはなかった。むしろ前より可愛(かわい)くなっているからもっと好きになったかもしれない。

……ただ一つ困ったことがあったとすれば天真がイメチェンして以降、彼女と話せる回数が前より明らかに減ってしまったことだ。

昔は一緒に登下校とかフツーにしていた時もあったのに、最近はもうほとんどそんなことはしていない。今だって天真にアピールしに行きたいのだが、彼女の周りをクラスメイトたちが三百六十度囲っているため行くにいけない状況だ。

「……はぁ」

大きく溜息を吐くと、不意にガララと教室の扉が開いた。

現れたのは一人の美少女だった。

「あっ、おはようアテナちゃん」

美少女が教室に入ってきたことに気が付くと、天真はクラスメイトの輪の中心から彼女に向かって笑顔で挨拶をした。

すると、天真の周りのクラスメイトたちの視線も一斉に彼女へと向かう。

「お、おはよう……」

美少女は小さい声でそう返したのち、皆から注目をされているのが恥ずかしいのか早歩きで移動して自分の席——俺の隣へと座った。

月宮アテナ。たったいま天真と挨拶を交わした美少女の名だ。

背中まで伸びた長い髪は銀色に輝き、揺れるたびに無数の光粒が舞い上がっていると錯覚するほど美しい。

瞳は凛としており、神秘的な蒼色。肌は透き通るほど真っ白だ。

目鼻立ちははっきりしていて、欧州人風の面差し。その麗しさたるや、明らかに日本人離れしていた。加えて、胸もワールドクラス。

同学年の女子とは比較にならないほど圧倒的な美貌の持ち主である。

月宮は今年からうちに編入してきた転校生で、口数が少なく物静かな子だ。

あと人と接するのがあまり得意じゃない。

それゆえ転校してきてから二週間が経った今でも月宮はクラスに馴染めずにいた。

「じゃあみんな。そろそろ先生が来ちゃうだろうから自分たちの席に戻ろうね」

天真がそう言うと、クラスメイトたちは「ひまりちゃんがそう言うなら」とか「また休み時間に話しましょう」と返しつつそれぞれの席に戻っていった。

だが、それから天真は唐突に席から立ち上がると、なぜかこちらへと歩いてきた。

これは俺のところに来てくれるのでは。

そんな淡い期待を抱いたが、残念ながら彼女は俺の席の手前で方向転換。

そして隣の月宮の席の前で止まった。

「ねえアテナちゃん。最近困っていることとかないかなぁ?」

「と、特にはない……」

「そっかぁ。でも何かあったらすぐにひまりを呼んでね。アテナちゃんの頼みとあらば飛んで行っちゃうからねぇ」

そう言って天真はニコニコと笑みを浮かべる。

ぐふっ。俺に向けられたものではないとわかってはいるけど、可愛すぎて思わず心臓が高鳴ってしまったわ。

「わ、わかった……」

月宮がこくりと頷くと、天真は「じゃあひまりは席に戻るねぇ」と返して、自分の席へと帰ろうとする——がその時、振り向きざまに俺の方へ笑顔を向けてくれた。まじか！

やべぇ超嬉しい！

そうして心中フィーバーになっている中、天真は自席へと戻って行った。

今のように月宮が転校してきて以降、天真は常に彼女のことを気にかけている。

なぜそんなことをするのかと聞かれたら、それは天真が優しい女の子だからだろう。

そういった面は地味だったころも今も全く変わっていない。

だから俺はずっと天真に惚れているのだ。……にしても、もう少し天真を近くで見ていたかったたな。朝から天真と話せるなんて月宮が羨ましいぜ。

「っ！」

なんて思いながら羨望の眼差しを向けていると、ふと月宮と目が合った——が、直後物凄い勢いで目を逸らされた。

やっちまった。気持ち悪い奴とか思われてしまっただろうか。だとしたら結構ショック。

「はーい。じゃあみんな席について」

そう不安になっていると、教室の扉からクラス担任である女性教師が入ってきた。

それから日直による挨拶(あいさつ)のあと、まもなく朝のホームルームが始まった。


午前の授業が終わり昼休みを迎えると、俺は学内の購買へと向かっていた。

本当なら手づくり弁当を所望したいのだが、うちの両親は共働きであり、俺は料理が全くできず、母親代わりにお兄ちゃんの弁当を作ってくれる妹もいない。

なので、昼食は毎回学内の購買で添加物満点のパンやら弁当やらを買っている。

「さて今日はなにを買おうか」

ズボンのポケットから財布を取り出して中身を確認しつつ考える。

小銭だらけの手持ちは四百円程度。これだったら唐揚げ弁当か焼きそばパン三個のどっちかだな。

ちょっぴりリッチにいくか、それとも量を取るか。悩ましいところだ。

「ぐふっ」

昼飯のメニューを熟考しながら歩いていると、不意に腹部に衝撃。

直後、体勢を崩すと財布からいくらか硬貨を落としてしまった。

何事かと視線を向けてみれば、目の前にはツインテールの女子生徒が「いてて」と呟(つぶや)きながら両手で頭を押さえている。

「すまん。大丈夫か？」

ひとまず謝ったあと、痛そうにしているので心配になって声をかける。

「えぇ大丈夫よ。こちらこそ急にぶつかってごめんなさい」

「いや、今のは俺が悪いんだ。廊下の真ん中でよそ見なんかしてたから」

我ながら昼飯ごときで真剣に考えすぎていた気がする。

「あっ、お金が落ちちゃったのね。拾わなきゃ」

地面に転がっている硬貨を見つけると、女子生徒は徐(おもむろ)に屈(かが)んで一つ一つ拾っていく。

その後、俺もすぐに同じように硬貨を拾い始めた。

「これで全部かしら？」

「あぁ助かった。ありがとな」

「これくらい当然よ」

そして二人で全ての硬貨を拾い終えると、女子生徒から拾った硬貨を受け取る。

それからお互い立ち上がると、初めて女子生徒の顔が映った。

翠(みどり)色の瞳に東欧風の端整な顔立ち。留学生とかだろうか？

「っ！　あんた……」

なんて思っていると、女子生徒は目を見開いて驚いたような表情をしていた。

それからなぜか彼女は目を細めてこちらを睨みつけて、

「……チッ」

思いっきり舌打ちした。

えっ、待って。なんでいま俺は初対面の女の子に舌打ちをされたのかな。

「ったく、どうしてあんたなのよ……」

理解不能な出来事にかなり困惑していると、女子生徒はぶつぶつと何かを呟きながら俺の横を通り過ぎて行ってしまった。

「……一体何だったんだ」

その後、俺は女子生徒の顔を思い出してはどこかで面識がないか記憶を掘り返してみた。が、結局彼女のことは何もわからないまま、俺は購買へと向かったのだった。


午後の授業も滞りなく終わりを迎えた放課後。部活生が各々の活動場所に向かう中、なんの部活にも属していない俺は普段通り帰宅するべく教室を出ようとしていた。

「優吾くん」

すると、不意に後ろから名前を呼ばれた。

振り返ると、なんとそこには天真（てんしん）の姿。

「っ！　ど、どうした？」

「どうした？　じゃないよぉ。優吾（ゆうご）くん、今日は掃除当番だよ？」

思わぬ報告を頂いた。

せっかく帰ってのんびりしようとしていたのに掃除当番とか。ぶっちゃけ面倒くさい。

「ちなみにひまりも掃除当番だよぉ」

「よし。すぐに掃除をやろうか」

そう言うと、俺はすぐに肩に掛けていた鞄（かばん）を教室の隅へと置いた。

天真と一緒の掃除当番。これは俺に対する彼女の好感度を上げる大チャンスだ。

それから教室に配置されている机や椅子を全て後ろへ下げて室内を広くすると、掃除が始まった。

ちなみに今日の掃除当番のメンバーはほとんどが体調不良やらサボりやらで学校を休んでしまっているらしく、俺と天真以外で残ったのはなんと月宮（つきみや）だけ。

だがこれは個人的には嬉（うれ）しい事この上ない。人数が少なければ少ないほど、掃除の時間が伸びる分天真と話せる機会が増えるからな。

「……ごみ」

そんなことを考えていると不意にそんな言葉が聞こえてきた。上を見るとそこには箒（ほうき）を持った月宮が立っていた。えっ、ゴミ？　俺が？

と一瞬勘違いしてしまったが、目の前には大量のホコリやらチリやらが集められていた。

あぁ、なるほど。ゴミを運んできましたよってことね。俺はチリトリ担当だからな。ゴミの処理を早くしろって言いたいんだろう。

ビックリした。いきなり美少女からゴミ扱いされたのかと思ったわ。

「わ、悪い。今やるから」

普段話さない相手なのでやや言い淀（よど）みながら謝ると、

「……うん」

小さく返事をしたのち、月宮はすぐにこの場を離れて再びゴミを回収しに行った。

なんか今若干逃げられたようにも感じたんだが……気のせいだろうか。

その後、俺は手早くチリトリでゴミをかき集めると、傍（かたわ）らに置いていたゴミ箱へと入れる。

にしても、チリトリって疲れるよな。ずっと屈（かが）んでないといけないから中学から生粋の帰宅部にとっては腰やら膝（ひざ）やらが痛くてしょうがない。

「アテナちゃん、お掃除とっても上手だね」

「そ、そんなことはない……」

「そんなことあるよぉ。だってアテナちゃんが掃いたところみんなピカピカなってるよぉ」

「つ、付いてくるな……」

やや離れた位置で天真と月宮、美少女二人が会話を交わしていた。

月宮の方は若干嫌がってるようにも見えなくもないが。

でもいいなぁ。俺も天真と話したいなぁ。

だがチリトリを担当している以上持ち場から離れるわけにもいかない。

くそう。やっぱりチリトリなんかやらなきゃ良かったか。

……でも、天真に上目遣いで「やってくれる？」なんて言われたらやるしかないでしょうが。あの時、めっちゃ可愛かったなぁ。

「しかし、このままだとせっかく天真と掃除当番が一緒になれた意味がなくなってしまうな。なんとかして天真とコミュニケーションを……」

「優吾くん、どうかしたの？」

どうやったら天真と話せるのか思案していると、唐突にキュートな声が降ってきた。

見上げると、天真が不思議そうな面持ちでこちらを見据えている。

「お、おう」

「それ質問の答えになってないよ。さっきから一人でなにぶつぶつ言ってるのぉ？」

「べ、別に何も言ってないが」

「嘘だよぉ。なんかエッチな本がどうとか聞こえた気がするけど」

「そんなことは断じて言っていない」

全力で否定すると、天真はクスクスと笑う。

あれ？　もしかしてからかわれた？

「……掃除……して」

箒でゴミを集めてきた月宮から注意された。

小さな声なのに怒気がはっきりと伝わってくる。

「す、すまん」

「ごめんね、アテナちゃん」

二人で謝ったのち、天真は窓際のゴミを掃きに、俺はせっせとチリトリで月宮が運んできてくれたゴミを回収する。

が、ふと背後から視線を感じた。振り向くと、そこには先ほどの位置から動かないままじっとこちらを見つめている月宮がいた。

「えーと……どうした？」

「っ！　べ、別に何でもない……」

月宮はそう返したのち、すぐに俺から目を逸らした。

今朝と全く同じ反応……。

なんだろう。俺ってもしかしなくても月宮に嫌われてるのでは？

そんなことを思っていると、不意に割と大きめの音が響く。

目を向けると床には箒が落ちていた。どうやら月宮が落としてしまったようだ。

「大丈夫か？」

心配しつつ月宮が落とした箒を拾おうとする。

すると、同じように伸ばしていた月宮の手と俺の手が触れてしまった。

「あっ、すまん」

「〰〰〰っ！」

すぐに謝ったが、月宮はこれでもかというくらい顔を真っ赤に染めていた。

やべぇ、これかなり怒ってるんじゃないのか？

「ゴミ、捨てに行ってくる」

なんてビビっていると、月宮が呟いた。

「えっ、でもまだゴミ箱は一杯には……」

そう伝えるが月宮の耳には届かなかったのか、彼女はゴミ箱を抱えるとかなり慌てた様子でスタスタと教室から出て行ってしまった。

一人で大丈夫だろうか？　まあゴミ箱って案外軽いからそこまで心配する必要もないか。

「ちょっと優吾くん」

急に後ろから話しかけられた。天真だ。

「なんだ？」

「なんだ、じゃないでしょぉ。女の子にゴミ箱なんて持たせちゃダメでしょぉ」

頬を膨らませてぷんぷんと怒る天真。可愛いすぎる。

「でも、今のは満杯になってないゴミ箱を勝手に月宮が持って行ったわけで……」

「優吾くん、言い訳はめっ！　だよぉ」

天真は人差し指を前に出して俺の口元に当てる。

「お、おう……すまん」

いま軽く唇に天真の指が触れたんだが。

「わかったならいいよぉ。今度からは気を付けてねぇ……って、優吾くん。どうして顔が少し赤くなってるの？」

「っ！　そ、そうか？　たぶん夕陽のせいだろ」

「えー、そうかなぁ？」

天真は納得していないようだが、構わず俺は先ほどまで月宮が持っていた箒を拾った。

ゴミ箱がなかったらチリトリやっても意味ないからな。

月宮が戻ってくるまで、彼女の代わりに教室のゴミ集めでもしておくか。

「ねえ、優吾くん」

早速ゴミを集めに行こうとしていると、また天真から呼ばれた。

振り返ると、彼女はなぜか口元をニヤつかせている。

どうしたんだ。もしや俺の顔に何か付いているのか？

「今さ、ひまりと優吾くんの二人きりだね」

「っ！」

天真の言うとおりだ。月宮との色々で気が付くのが遅れたが、いまこの教室にいるのは俺と天真の二人だけ。これは天真にアピールする最大のチャンスなのでは？

「また不思議なこととか起こるかなぁ？」

どうアピールしようか策を練っていると、天真がそう呟いた。

「不思議なこと？」

「うん。だって優吾くんと二人きりになるといっつも不思議なことが起きるでしょぉ。空から女の子の下着が降ってきたり、手紙が急にグラドルの写真になっちゃったり……」

天真は過去俺が告白しようとした際に起こった謎の現象を次々に口にする。

「そ、そうかもな」

「ねえ優吾くん。あの手紙って何が書いてあったのかなぁ？」

「べ、別に大したことじゃないって。あの時もそう言ったろ？」

「むっ、ケチー」

少しむくれながらそう言ったのち、天真はクスクスと笑った。

「また不思議なこと起こらないかなぁ」

天真は期待しているが、俺は勘弁願いたい。

告白するたびに訳の分からない出来事で邪魔をされるなんて、もうこりごりだ。

「あっ、そういえばねぇ。今日の昼休み、ひまりまた告白されたんだぁ」

「っ！　そ、そうなのか……」

突然の天真の報告に、俺は平然とした態度で言葉を返した。が、内心は相当動揺していた。

どんなやつから告白されたんだろうとか。返事はどうしたんだろうとか。

「でもねぇ、ひまりは断ったよぉ」

「そ、そうか……」

天真の言葉を聞いて、ほっと胸を撫でおろす。

ふぅ、危ない危ない。もしここで告白を受けたなんて言われたら、俺はショックで今すぐ教室の窓から飛び降りるところだったわ。

「ねえ優吾くん。どうしてひまりは今日の告白を断ったんだと思う？」

「どうして？　そりゃ相手のことが異性として好きじゃなかったからじゃないのか？」

「それもそうだけどぉ、もっと他に理由を考えて欲しいなぁ」

「他にって……」

告白を断る理由なんて、相手のことがタイプじゃない以外にない気がするんだが。

「もぉ、優吾くんはダメだなぁ」

「ダメってなにがだよ」

「そういうところだよぉ」

天真は少し呆れた口調で言った。だからどういうところだよ。

「優吾くんってさ、その……今好きな人とかいるの？」

「ど、どうした急に」

もしやついに俺の気持ちが天真にバレてしまったのだろうか。

「それは、その……ひまりと優吾くんの仲だし、もし優吾くんに好きな人がいたらサポートしてあげようかなぁって」

「あぁ、そういうこと」

だがすまんな天真。俺が好きな子は天真だからお前が俺の恋愛のサポートをすることは出来ないと思うぞ。

「もしかしてアテナちゃんのことが好きだったりする？」

「なぜここで月宮が出てくるんだ」

「だってぇアテナちゃん可愛いし、モテそうだし」

確かに月宮は突出した美貌の持ち主だ。

転校してから今も尚クラスに馴染めずにいる彼女だが、男子からの人気は結構高い。

おそらくクラス内では天真に次いで二番目にモテていると言ってもいいだろう。

「でも俺は月宮のことはなんとも思ってないよ」

つーか、たぶんあっちが俺のことを嫌ってるだろ。

「ホントかなぁ？」

「本当だよ」

「ホントにホントかなぁ？」

「本当だって。そもそもな、俺は天真のことが――」

「ひまりのことが？」

「…………」

天真が聞き返してきたが、俺はそれに答えず一旦口を閉じた。

あぶねぇ。うっかり告白するところだった。

告白自体は問題ないけど、さすがにこんなテキトーな告白の仕方じゃたとえいつもの邪魔が入らなかったとしても到底上手くはいかないだろう。

「ねぇ優吾くん。ひまりのことがなんなのかなぁ？」

天真がそう質してきた。なぜかニヤニヤと笑みを浮かべている。

「別になんでもないぞ」

「そんなことないでしょぉ。優吾(ゆうご)くんはひまりに何か言いたいことがあるんじゃないのかなぁ？」

実に楽しそうに話しかけてくる天真(てんしん)。

これはあれだな。さっき俺が言いかけたことを聞くまで終わらないやつだ。

窓の外からは部活生の掛け声。茜色(あかねいろ)の光で満たされている教室。そんな場所で二人きりの男女。告白するには十分なシチュエーション。

天真の質問に適当に答えてやり過ごすのもありだが、流れに任せて告白をするのも良いんじゃないだろうか。こういうのは勢いも大切だと思うし。

「…………」

よし決めた。告白しよう。

もし断られたらその時はその時だ。諦めずにアピールすることから頑張ればいいさ。

「……天真。今から俺が言うことを聞いてくれるか？」

そう言うと、何かを察したのか天真の表情は他人をからかうような笑みから真剣な表情へと変わる。

「うん。いいよ」

天真からそう返されると、俺は気持ちを落ち着かせるために一拍置いたのち口を開いた。

「て、天真……俺は、そ、その……」

勝手に声が震える。好きな人に想いを伝えることに緊張しているせいもあるが、やはり頭の中にちらつくのだ。

もしかしたら、今回も邪魔をされるかもしれないと。

今までの告白全てが不可思議な現象によって阻まれてきたからな。今度も邪魔されないとは限らない。

しかし、だからと言って告白を止めるわけにはいかない。ここで中断したら男が廃るってもんだ。だから、俺はたったいま天真に告白をする。

「ふぅ……」

心を落ち着かせるべく、大きく深呼吸をする。そして――。

「天真！　俺はお前のことがす――」

刹那、不意に目の前が白く光りだした。

そしてそれはあっという間に教室内に広がっていく。

「な、なんだよこれ……」

手で目を覆いながら。そう呟く。

事態がわからないまま、少し経った後。ようやく光が収まった。

「きゃあっ！」

が、次いで天真から声が上がった。

驚いて視線を向けると、視界に映ったのは衝撃の光景。

「て、天真……その格好……」

なんと目前には魔法少女コスチュームに身を包んでいる天真の姿があった。

休日の朝にやってるアニメさながらの激カワな服。さらに肌の露出が多く、かなり際どい。

「ゆ、優吾くん……」

天真は瞳をうるうるさせながら、両腕で全身を包み込むように覆っている。

顔も真っ赤っかだ。

「……どうしようこれ」

「お、落ち着け。これは多分さっき天真が言った不思議なことだ。だから時間が経てば元に戻るはず」

俺が告白した瞬間に謎な現象が起こる。まず間違いなく例のやつだろう。

「ほ、ホント？」

「あぁ、本当だ。その……空からパンツが降ってきた時もすぐに消えたろ？　その時と同じようにその格好もすぐに制服に戻るはずだ」

「っ！　そ、そっか」

少し安心した表情を見せる天真。でもまだ顔は少し赤い。

……それにしても天真の格好。なんというか……すごいエロいな。

「あ、あんまりジロジロ見られると恥ずかしいよぉ」

「っ！　わ、悪い。もう絶対に見ないから」

そう言って俺は目をもう一度手で覆い隠した。

なにやってんだ俺。いくら天真の魔法少女姿が可愛いからって見すぎだろ。

彼女に恥ずかしい思いをさせてどうするんだよ。

「……はぁ」

天真に聞こえないよう、小さく溜息を吐く。

結局、今回も告白は上手くいかなかったわけか。またよくわからん現象に邪魔されたな。

本当いつになったら俺の気持ちは天真に届くのやら。

……だがな、俺は諦めないぞ。何度失敗しても天真に想いが伝わるまで告白し続けてやる。

「ゆ、優吾くん！　指の隙間が空いてないかな？」

「す、すまん！」

が、その前に今は目の前の誘惑に負けないように頑張ろう。

告白が失敗に終わったあと、天真の服装は予想通り数分程度で無事元に戻った。

若干気まずい空気になりかけたが、天真が「さっきの格好可愛かったでしょ？」と明るく話を振ってくれたので、その後は彼女と自然に会話を交わすことが出来た。

おそらく俺に気を遣ってくれたのだろう。ほんと優しい女の子だ。

それから空のゴミ箱を持った月宮（つきみや）が教室に帰ってくると、掃除を再開。

そして掃除が終わると、俺たちは下校するべく各々教室を後にした。

「それにしても、今日も告白が邪魔されたかぁ」

廊下を一人歩きながら、俺は嘆く。

これで十六回連続、謎の現象で告白が妨害されていることになる。

もうホント、なんで俺の告白ってこんなにも成功しないの。

せめて「お前のことが好きだ」くらい言わせて欲しいものだ。

一度目の告白から、もう半年以上経（た）っている。

さっきは気持ちが伝わるまで何度でも告白するって意気込んだけど、ホントあと何回好きだって言えば、天真に想いが届くんだろう。

「……はぁ」

俺が深く嘆息すると、

「ねえねえ、今度の休日デート行こうよ」「いいよ。どこに行きたい？」

前から制服を着た男女二人組が楽しそうに腕を組みながら俺の横を通り過ぎて行った。

間違いなくカップルだろう。

「いいなぁ。俺もあんな風に天真と歩きたいなぁ」

もし天真と付き合うことが出来たら毎日手を繋いで登下校とかできちゃったりするのだろうか。なんだそれ。幸せ過ぎるな。

「あー天真と付き合いてぇ」

思わず本音を漏らしてしまった。

けどまあいいか。今は、部活生は部活に行っているし帰宅部は既に下校しているから校舎にほとんど生徒がいない時間帯だ。

どうせ誰にも聞かれていないだろう。

なんて油断していると、不意にグイッと身体が後ろへと引かれた。

「っ！」

驚いて振り返ると、目の前にはなんと月宮が立っていた。

しかもどうしてか彼女は白く綺麗な手で、俺の右手首をがっちりとホールドしている。

「えっ……」

突然の事態に頭が混乱する俺。

いつから近くにいたんだろう？

もしかして今の言葉を聞かれてしまっただろうか？

いやその前にどうして手首を掴まれているんだ？

様々な思考が錯綜する中、俺はとりあえず探りを入れてみることにした。

「えっと……どうした？」

だが、それに対して月宮は顔を俯けたまま何も答えない。

「月宮？　どうかしたのか？」

再度訊いてみる。

しかし彼女から返事はない。かといって、手を離してくれるわけでもないのだが。

うーん、これはどういうことだ？　もしや俺の言葉は聞かれていなかったのか？

「そ、そんなに……てん……きなのか？」

月宮が口を開いた。でも声がミュート並みに小さくてよく聞こえない。

「悪い。今なんて言ったんだ？」

すると今度は黙ることもなく、彼女はしっかりとこちらにも届くボリュームで言った。

「そんなに、天真陽毬が好きなのか？」

それを聞いた刹那、俺の身体は硬直した。

やはり月宮は先ほどの言葉を聞いていたみたいだ。

「だから、そ、そんなに天真陽毬が、す、すす好きなのかと聞いているんだ！」

聞こえていないと思ったのか、月宮がこちらを見つめて再度言葉のダイレクトアタックをしてくる。そんな彼女の表情は少し怒っているようにも見えた。

わお、月宮ってこんな顔もするんだな……じゃなくて、これはピンチだぞ。大ピンチだ。

と、とにかくここはテキトーに誤魔化さないと。

「お、俺が天真を好き？　あはは、そんなバカな……」

テキトーに作り笑いを浮かべて、逃走を図る。

だが、月宮はそう簡単には逃がしてくれない。

「は、はぐらかしても無駄だぞ！　先ほど優吾が天真陽毬とそ、その……っ、付き合いたいと言っているのを我は聞いてしまったからな！」

割と大きめの声で主張する月宮。

おいおい、そんなに叫ばないでくれ。ただでさえ廊下は響くんだぞ。これ以上他の人に聞かれたらどうしてくれるんだよ。

と思っていると、ここで俺はふとあることに引っ掛かりを覚えた。

「そういやお前、なんかいつもと感じが違くないか？」

指摘すると、月宮の身体がビクッと反応した。

転校してきてからそうだが、月宮は物静かで他人とのコミュニケーションをあまり得意としていなかったはず。

なのに今はかなり流暢に話していて、俺との会話も難なく出来ていた。加えて自分のことは『我』と呼び、俺のことは名前で呼ぶ。まるでいつも教室にいる彼女とは別人みたいだ。

「そ、それは……その……」

急に勢いがなくなる月宮。そんなに答えにくいことなのだろうか。

そもそも、何で彼女はこんなにも執拗に俺が天真のことが好きなのか訊いてくるんだ。

「……グスン……グスン」

あれこれと考えていると、唐突に月宮が泣き出してしまった。

ちょっと待って。どうしたの。

喋り方が変わったことを指摘されたのが、そんなに嫌だったのだろうか。

「す、すまん、月宮。俺が悪かった」

何が悪かったかは定かではないが、女の子を泣かせてしまったので、とりあえず謝る。

「ど、どうして……グスン……ゆ、優吾は……グスン……我のことを……す、好きになってはくれないのだ」

しかし月宮からは許しは頂けず、代わりに貰ったのはすぐには理解できないお言葉。

「我はこんなにも……グスン……美しくて……グスン……胸も大きいというのに……」

依然、月宮は涙を流し続けている。

この子は急にどうしちゃったんだろう。突然腕は掴んでくるし、天真のことが好きか問い詰めてくるし、泣くし。俺にはちょっと難問過ぎる。

「ゆ、優吾よ！」

カオスな状況に参っていると、不意に月宮に呼ばれた。

「は、はい！」

反射的に返事をする。彼女の迫力に気圧されて、つい敬語で返事してしまった。

「い、今から……わ、我の言葉を、よ、よーく聞け！　いいな！」

それに、俺はうんうんと何度も頷く。

「すぅ……」

月宮は涙を拭ったのち、自らの感情を落ち着かせるように大きく息を吐いた。

そして、蒼い瞳で俺を見据えながら、彼女はこう言った。

「わ、我は優吾のことが好きだ！　だ、だからその……わ、我と付き合ってください！」

言い終えた瞬間、忽ち月宮の頬が赤く染まっていく。よほど恥ずかしかったのだろう。

一方俺はというと、未だに色々と訳が分らない状況下でも人生で初めて異性から好きと言われたことで頭の中が真っ白になっていた。

勉強も運動も大してできなくて、顔面偏差値も普通程度の俺のことが好き。

……やばいなこれ、嬉しすぎるぞ。今すぐにでも意味もなくどこかに叫びたい気分だ。

もはやこれは了承するしかないな……と言いたいところだが、俺は彼女の気持ちを受け入れることはできない。

なぜなら俺の恋心は全て天真に奪われているからだ。少なくとも、ちゃんと天真に告白をするまでは、どんな素敵な女性でも付き合う気にはなれない。

「……すまん月宮。俺はお前とは付き合えない」

「っ！」

ド直球に断ると、月宮は目を見開いたのち、がっくりと肩を落とす。

少し可哀そうだが、こういう時はハッキリと拒んだ方が相手のためだと思う。

彼女いない歴＝年齢の俺が、こんなことを言うのは生意気かもしれないけど。

「そ、そんなに……我じゃダメなのか？」

再び目に涙を溜めながらも、月宮は食い下がる。

「あぁ。だめだ」

きっぱりと拒絶の姿勢を見せる。ちょっと心が痛むな。

「そんなに……て、天真陽毬が良いのか？」

「ぐっ……」

切なげな声音で問うてくる月宮に、俺は言葉を詰まらせた。

一応彼女にはまだ俺が天真に好意を抱いていることは明白には知られていないが（まあ九割九分バレてるけど……）、ここは素直に明かしてしまった方が彼女のためだろう。

「あぁそうだ。俺は天真が好きなんだ」

廊下のど真ん中で堂々と表明する。我ながらめっちゃ恥ずかしい。

「そ、そうか……そんなに好きか……」

悲しげな表情を浮かべる月宮。

何も悪いことはしていないはずなのに、やたら胸がズキズキする。

でもここは耐えるしかない。罪悪感に苛まれて、好きでもないのに月宮の告白を受け入れたりしたら、それこそ彼女に失礼だ。

「月宮、ごめんな」

そう告げて、俺は彼女から離れていく。

振った方が言うのもあれだが、振られたばかりでショックが大きいかもしれない。

今は一人にしてあげた方が良いだろう。

それが気持ちに応えられなかった者ができる最大限の気遣いだ。

「ま、待て優吾！」

月宮に呼び止められ、俺は足を止める。

まだ諦めきれないというのだろうか。正直そこまで彼女が俺のこと想ってくれているのだとすれば、本当に嬉しい。……でも、俺には天真という初恋の人がいるんだ。だから月宮から何度好きだと言われても、俺はその想いを受け入れることはできない。

ということ、わかってもらうまでひたすら話し合うしかないな。

「なんだ？」

後ろへ顔を向けると、月宮は目を赤くしながらこちらを見据えていた。

しかし、さっきまでの泣きじゃくっていた彼女はそこになく、どこか覚悟を決めたような面持ちをしていた。

「言っておくが、優吾。お前の想いは絶対に天真には届かないぞ」

不意に月宮は訳のわからないことを言い出す。俺の想いが天真に届かない？

「……それはどういうことだ？」

問い質すと、月宮は口元をニヤリとさせたのち、一つの質問を俺に投げかけた。

「なあ優吾よ。自分が天真陽毬に告白をする時、何かおかしなことは起きなかったか？」

「おかしなこと？」

「あぁ。例えば……告白をすると突然自分の体が瞬間移動してしまうとかな」

「っ！」

先日、天真に告白をしようとした際、想いを伝える直前で突如としてグラウンドへテレポートした。そのせいで当然告白は失敗に終わった。……でも。

「どうして月宮がそのことを知っているんだ？」

そう訊ねると、月宮は得意げな表情を浮かべて、

「決まっているだろう。その優吾の告白を妨害したのは、我だからだ」

「……はい？」

想定外すぎる答えに、思わず素っ頓狂な声を出してしまった。

「えーと妨害ってのは、つまり……」

「そうだ。あの時優吾をテレポートさせたのは他の誰でもない、この我だ」

「………」

この子は一体何を言っているんだろう。

「ほ、本当だぞ！　嘘ではない！」

「そんなことを言われてもな。人間をテレポートさせたなんてどう信じろと」

悪徳セールスマンの言葉の方がまだ信憑性が高い。

「確かに人間には出来ないかもしれないな。だが、我には出来てしまうのだ」

「へぇー、それまたなんで？」

ぶっちゃけ全く興味ないが一応訊ねてやると、月宮は「ふっふーん」と鼻を鳴らしながら「それはなぁ……」とたっぷりと間を取ったのち、こう答えた。

「何故なら、我がラブコメの神様だからだ！」

☆

「ま、待ってくれ！」

一刻も早く月宮から離れようと早めに歩いていると、後ろから彼女が追いかけてきた。

というのも、彼女がラブコメの神様宣言をした後、俺は月宮アテナをヤバイＪＫ認定したからである。彼女は所謂、中二病。俺がこれ以上関わることができる人間ではない。

「待て！　待ってくれ優吾！　我は本当にラブコメの神様なのだ！」

背後から迫ってくる月宮。だがそれに構うことなく、俺は下駄箱に着くとすぐに靴を履き替えて昇降口を出た。

つーか、なんで月宮は俺のことを名前で呼ぶんだ？

まあ初対面の相手でもいきなり名前で呼べちゃう人とかいるから別におかしくはないが。

「待ってくれ！　ちょっと待って――ぐふっ！」

すると突然、後方からドスン！　と何かが倒れたような音が耳に入った。

振り返ると、月宮が校舎の入り口付近でうつ伏せのまま派手に転んでいた。

……なにやってんだか。

「むぅ……痛いぃ……」

「大丈夫か？」

上体を起こした月宮に近寄る。見る限り大きな怪我とかはしてなさそうだ。肌に傷もない。

「立てるか？」

そう言って彼女へと手を伸ばす。

「ゆ、優吾ぉ……」

月宮はこちらを見つめながら、ポッと頬を赤くしていた。

そんな顔を向けないでくれよ。なんだかこっちまで恥ずかしくなるだろ。

「ありがとう、優吾」

月宮は俺の手を握って立ち上がると、そう礼を言ってきた。

「別にいい。大したことじゃないし」

このくらい、ちょっとした善意を持っていれば誰にでも出来ることだ。

「……じゃあ俺は帰るから」

若干の沈黙のあと、そう言ってすぐさま帰ろうとすると、自称ラブコメの神様からがっちりと手首を掴まれた。ナニコレ、デジャヴ？

「ま、待ってくれ優吾。我は本当にラブコメの神様なのだ。嘘ではない」

「言っておくが、俺にはそっちの趣味はないぞ」

彼女いない歴＝年齢の男が中二病なんてスキル身に付けてみろ。

周りからどんな目で見られることか……。考えただけで恐ろしい。

「何故信じてくれないのだ。我はどう見ても神様っぽいではないか」

「神様っぽいってなんだよ。意味わかんねぇよ」

もうこんな茶番に付き合ってられるか。

そう思い先へ進もうとするが、それを月宮が目一杯手首を引っ張って阻止する。

ちょっ……痛い痛い！　この子、めっちゃ力強いんですけど!?

「我をラブコメの神様だと信じてもらうまでは絶対に帰らせないぞ」

「んな滅茶苦茶な……」

でも、月宮の瞳は真剣で本気で俺を帰らせるつもりはないようだ。

「……わかった。じゃあこうしよう」

自称ラブコメの神様を振り切ることは難しいと判断し、俺はある提案をすることにした。

「さっき月宮は俺をテレポートさせられるみたいなことを言っていたよな」

「勿論だ。なぜなら我はラブコメの神様だからな」

月宮はえっへんと胸を叩いて得意げな表情を見せる。

「そうか。なら今から俺をテレポートさせてくれよ。もしそれが出来たらお前を神様だと信じてやらなくもない」

だが、人間が誰かをテレポートをさせるなんて絶対に不可能だ。

つまり、中二病である月宮はこの提案を呑むことは出来ないはず。

「ほ、本当か！　本当だな！」

しかし、なぜか月宮はやたら瞳を輝かせていた。

もしかして、本当に月宮はラブコメの神様なのだろうか？

……いやいや、あり得ないから。そもそもラブコメの神様ってどんな神様だよ。

「で、では、その……我からもお願いがあるのだが」

「お願い？」

聞き返すと、月宮はこくりと頷いた。

「人目がないところに案内をして欲しいのだ。そうしてくれたら我がラブコメの神様であることを証明することが出来る」

「お前、まじで俺をテレポートさせるつもりなのか……？」

二百パーセント無理だと思うけどな。

でもまあいい。この際だから気が済むまでやらせてやろう。

「人目がないところだったらここが最適だぞ。この時間帯は基本誰も来ないからな」

「そ、そうか。ではこの場で我がラブコメの神様であることを証明しよう」

そう言うと、急に月宮は片手を天に向けて掲げる。

……なにやってんのこの子。

「っ！」

なんて思っていると、不意に月宮の手元にステッキが現れた。

桃色に染められた棒の先端には宝石のように赤く輝いているハート形のオブジェ。その両サイドには小さな白い羽が取り付けられている。

これ、さっき魔法少女コスチュームになった天真（てんしん）が身に付けたらすごく似合いそうだな。

「急にそんなおもちゃ出してくるなよ」

「お、おもちゃではないぞ！　これは今から優吾（ゆうご）を瞬間移動させるために使うのだ。こんな風にな」

そう言って月宮がやや上向きにステッキを振ると、その道筋に青白く煌（きらめ）く無数の光の粒子が現れた。

「なっ」

突然起こったファンタジーな現象に戸惑っていると、

「それ！」

月宮が今度は俺に向けるようにステッキを振る。

すると、フワフワと宙に浮いている粒子は全て俺に降りかかった。

「っ！」

直後、突如として視界に映る景色が変わった。

これはこの前天真に告白したときに起きた現象と全く同じだ。

「ここは……」

周りを見回す。俺が今いるのは割と広めの部屋だった。室内の両端には幾つかロッカーが並べられており、中央には長めのベンチが二つほど置かれている。

「……まじか」

どうやらたったいま俺は本当にテレポートしてしまったらしい。

「ゆ、優吾……」

後ろから声。顔を向けると、部屋の入り口付近に膝に手をついて息を切らしている月宮がいた。……こいつ、ここまで走って来たのか。

「ど、どうだ？　これで我がラブコメの神様であると信じてくれたか？」

「えっ、そ、そうだな……」

そういえばテレポートをさせたら月宮を神様だと信じると約束してしまっていた。

どうせ出来ないと思ってたから言っただけなのに、まさかこんな展開になるなんて。

「……わかった、男に二言はない。お前のことを神様と信じることにする」

「そ、そうか！」

嬉しそうな表情を見せる月宮。

普段はあまり表情が豊かでないだけに、少しドキッとしてしまった。

今起きたことや先ほど俺の告白を邪魔した話について、月宮には諸々訊きたいことがあるが、その前に一つ確認しておきたいことがある。

「なあ月宮。ここってどこなんだ？」

今いる場所は見覚えのない部屋だった。

おそらく学内に設けられている一室のどこかと思うが……運動部の部室とかだろうか。

「ここはだな、女子更衣室だ」

「……は？」

「ここは女子更衣室だ」

「いや、もう一回言えって意味じゃないんだが」

まさかの女子更衣室だと。こいつどんなところにテレポートしてくれちゃってるんだよ。

「せっかく瞬間移動させるので、優吾が好きそうな場所にしてみたのだ」

「それがなんで女子更衣室になるんだよ」

たしかにここは天国かもしれないが、同時に地獄でもある場所なんだぞ。

「あのな、もし俺がこんなところにいるところを誰かに見られでもしたら……」

そう注意しようしている最中、ガチャリと扉が開いた。

「…………」

そして入ってきたのは、水着を着た女子生徒が一人。おそらく水泳部の生徒だろう。

「あっ」

目が合ってしまった。

……これは終わったな。

直後、部屋中に大きな悲鳴が響き渡った。

☆

翌朝、俺は月宮(つきみや)を校舎裏へと呼び出していた。

この時間ならここはあまり人が来なくて、神様がどうの～みたいな傍(はた)から見たら中二病全開の話をしても誰に聞かれることもない。

「で、ラブコメの神様ってのはなんなんだ？」

「その前に優吾(ゆうご)、昨日は大丈夫だったのか？」

「全く問題ない。おかげさまでな」

心配そうに聞いてくる月宮に、俺はそう返した。

昨日、俺は月宮のせいで女子更衣室へとテレポートさせられ更にそこで水泳部の女子生徒と鉢合わせしてしまった。

だが悲鳴を上げられた直後、咄嗟に月宮が機転を利かせて俺をその場から学校の校門前までテレポートさせてくれた。

おかげで俺は無事帰宅することが出来て大事にはならずに済んだのだ。

まあ元はといえば月宮のせいで女子更衣室で女子生徒と遭遇するハメになってしまったんだけどな。

……さて、昨日は途中ゴタゴタしたせいで訊くことができなかったけど、きちんと確かめないとな。

「もう一度聞くが、ラブコメの神様ってのはなんなんだ？」

「ラブコメの神様とは、人の恋愛の手助けまたは邪魔することを役目とする神様のことだ」

「へぇー、要するに恋のキューピッド的な感じ……いや違うな。邪魔ってなんだよ」

仮にもラブコメの神様が恋愛の邪魔なんてしていいのだろうか。いやダメだろ。

「時には人の恋を阻むことも必要なケースもあるのだぞ。例えば浮気している男の恋とか」

「あぁなるほど」

不誠実な野郎には鉄槌を！　ってことか。納得だ。

浮気や不倫が許されてばかりいたら、ヤリチンのイケメンばかりが勝ち組になってしまうからな。それだけは許せない。

「我たちは今説明した役目を果たすため、天界——優吾たちの言葉でいうところの天国で生まれ育ち、我たちの間で成人年齢である十五歳を迎えると地上へと降りてくるのだ」

「天国って……」

つまりラブコメの神様は人間の恋愛のサポートや時には不義理な人間に罰を与えるために天国から遥々やってきたってことか？

嘘くさく思えるが、月宮は他人をテレポートさせられる力を持っているからな。

そんな彼女が天国があるというなら、本当にあっても不思議じゃない。

「更にラブコメの神様は、様々な方法で人間の恋愛の手助けや邪魔を出来るように如何なる現象でも起こせる力を持っているぞ」

「は？　まじかそれ」

月宮は大きく頷いた。

如何なる現象も起こせるって……随分と凄いな。とここで俺はあることを思い出す。

「その力ってステッキのことか？」

それに月宮は首肯したのち、彼女の手元に可愛らしいステッキが現れた。昨日見たやつと全く同じものだ。

「どうだ？　可愛いだろう？」

ステッキを自慢げに見せびらかしてくる月宮。お前は子供か。

「なあ月宮。思ったんだが、そのステッキの力ってお前自身には使えなかったりする？」

昨日、俺は二回ほどテレポートさせられたが、月宮はなぜか女子更衣室には走ってきたみたいだったし、女子生徒に見つかった時も俺だけテレポートさせられて彼女は女子更衣室に残ったままだった。自分にテレポートを使えば簡単に移動できたというのに。

「うむ。我の力は人間のみにしか使用できない。神である我には使えないのだ」

「やっぱり自分には使えないのか。だとしても凄い力なことには変わりないが」

「そうだな。これがあれば優吾の告白を全て阻止することが出来るしな」

月宮は鼻を鳴らしながら得意げな顔つきで言った。

「そういや昨日そんなことも言ってたな」

一番大事なことなのに、色々あり過ぎてすっかり頭から抜け落ちていた。

おそらく彼女はステッキの力を使って、俺の告白を妨害してきたのだろう。

ということは、天真(てんしん)に告白する瞬間に空からパンツの雨を降らしたのもラブレターをグラビア写真にしたのも月宮ということになるな。……告白の邪魔の仕方が斬新。

「ちなみに昨年から地上には下りてきていたから、学校に入っていない間もきっちりと優吾の告白を阻止していたぞ」

自慢げに話す月宮。

まあ神様の力はどんなことでも起こせる力らしいからな。納得は出来るか。

「お前って、どうしてそこまでして俺の告白を邪魔するんだ？」

「っ！　そ、それは……」

気になったので率直に問うてみると、月宮は顔を俯けて身体をモジモジとさせ始める。

「ゆ、優吾のことが……す、好きだから……」

ぼそり、と呟いた。

「…………」

失敗した。そういえば、月宮って俺のこと好きだったんだ。

これまであまりにモテない人生を歩んできたゆえ、すっかり失念してしまっていた。

いやでも、好きだからって他人の恋を妨害するのはあんまりだろ。

「お前はそんなに俺の恋を邪魔したいのか？」

「そ、それは……うん」

正直すぎるアンサー。逆に反応に困る。

「し、仕方がないではないか！　す、すす好きな人が誰かのモノにならないようにしたいと思うのは神でも人間でも同じだ！」

「うっ、それはそうかもしれないが……」

急に開き直った月宮に、俺は言葉を詰まらせる。

ぶっちゃけ彼女の気持ちもわからないでもない。俺だって天真が誰かに告白しようとしていたら、事を終える前に告白相手を抹殺するかもしれないし。

……しかし、こうもラブコメの神様が私利私欲のために他人の恋路を阻んで良いのだろうか。いや、きっと良くないはずだ（よくわからないけど……）。

「なあ月宮。もう俺の告白の邪魔をするのは止めてくれ」

「嫌だ」

「即答!?」

あまりの返答の早さに驚いていると、

「だ、だって……ゆ、優吾のことが……す、好きなんだもん」

月宮は口を尖らせて指をツンツンしながら零した。本日二度目の言葉だ。

……まずいな。これはおそらく今、いやこの先何を言っても月宮が俺の告白の邪魔を止める可能性は極めて低いだろう。

でもそうなると、俺はずっと天真へ想いを届けることが出来なくなってしまうが……。

「…………」

さてどうしよう。

朝に月宮からこの先ずっと天真に気持ちを届けることが出来ないと聞いて一日中悩んでいると、あっという間に放課後を迎えてしまった。

部活生からしたら、これからが本番！　という時間帯かもしれない。

しかし帰宅部からしてみれば、授業という長い拘束から解かれ、あとは自宅に帰ってのんびりするだけという、癒しの時間帯。

「のはずなんだがな……」

昇降口へ向かおうと階段を下りていると、背中にやたら視線を感じる。

一旦立ち止まって後ろを向くと、すぐ傍に月宮の姿。

彼女はなぜか目を細くして、じーっとこちらを見据えている。

「なにやってんだよ」

「優吾があの天真陽毬の下へ行かぬよう、こうやって監視をしているのだ」

説明している間も、月宮はじーっとこちらを見つめる……あっ、目が合った。

「っ！」

すると、月宮は頬を赤く染めて顔を俯けてしまう。

「とにかく理由はどうであれ、俺についてくるのは止めてくれ」

「むぅ、嫌だ」

「子供かお前は」

ったく、幼稚なやつだな。……もういいや。こんな神様は放っておいて、さっさと帰ろ。

そうして俺は足を進める。だが直後、背後からスタスタと歩く音が耳に入る。

「おい」

「だ、だってもう少し優吾と一緒に居たいんだもん……」

振り向いて鋭い視線を飛ばすと、月宮は蒼い瞳を潤ませる。

監視じゃなかったのかよ。

でもどうするか。このままだと埒が明かないが。

「……わかった、もう少しついてきてもいい。でもその代わり校門までだからな」

「えっ……う、うん！」

校門まで一緒にいることを許可すると、月宮は嬉しそうに笑った。

やはり圧倒的なルックスのせいか今一瞬可愛いと思ってしまった。なんか悔しい。

それから二人で二つ三つ会話を交わしつつ歩いていると、ふと気になることが頭の中に浮かんだ。

「月宮は今後その喋り方で通すのか？」

「その喋り方とは？」

「自分のことを『我』とか言ったりする喋り方だよ。あんまり話したことがなかったから多分だけど今まではそんな話し方じゃなかっただろ？」

そう言うと、なぜか月宮の表情はみるみる青ざめていく。

あれ、これはひょっとしてまた言っちゃいけないことを言っちゃった感じか。

「し、しまった。人と接するときは優吾にお淑やかな女性であることをアピールするため普段の話し方は封印していたのに、ついつい忘れてしまっていた……」

「お淑やかな女性って……」

今までの月宮は物静かではあったがお淑やかではなかった気がするけどな。

「じゃああれか？　誰かと話すとき毎回のように言葉に詰まっていたのも、そのお淑やかな女性を演じるためだったのか？」

「いやそれは違うぞ。それはその……我が単純に人見知りなだけだ」

「人見知り？　でも今まで大して話してこなかった俺とはこうやって流暢に喋ってるじゃないか」

「っ！　そ、それはそうだが……その、い、今だってすっごく緊張しているのだ！　で、でも……このままだと優吾が他の女に取られちゃいそうだから……が、頑張っているのだ」

頬を赤らめたまま、月宮は胸の辺りをギュッと抑える。

なんというか……これになんて反応したら良いのか。

「そ、そうか……」

「……うん」

そんなやり取りをしたのち、なんとも居たたまれない空気が流れる。

……もうさっさと校門に着いてくれないかな。

「ゆ、優吾。ちょっと待ってくれるか？」

不意に月宮がピタリと足を止めた。

「ん？　なんだ？」

「その……忘れ物をしたので取りに行っても良いだろうか？」

「忘れ物？」

「うむ。本日使った体操着を教室に忘れてしまったのだ」

「体操着って、明日もまた体育の授業あるんだぞ。今日持って帰るのか？」

「当然ではないか。洗濯しないとその……匂いとか大変になる」

たしかにそうだが……俺は週二回の体育が終わるまで持って帰らないけどな。

でもまあ女子だったら匂いとか気になるのは当たり前か。

「早く行って来いよ。待っててやるから」

「っ！　わ、わかった！　すぐ戻るから！」

そう言うと、月宮は大急ぎで教室に向かった。そんなに焦らなくてもいいのに。

「…………」

さてどうするか。月宮がすぐ戻ってくるとはいえ、少し暇だな。

「あれ？　優吾くん？」

唐突に背中から名前を呼ばれた。しかもこの声は――。

「て、天真……」

身体を反転させると、視界にはなぜか花鉢を持っている天真が映った。

「まだ帰ってなかったんだねぇ」

「お、おう。それよりそれはなんだ？」

花鉢を示しながら訊ねた。その中には、一本の白い花が咲いている。

「これねぇ、さっきお友達と帰ろうとしてたら生物の先生に会って中庭の花壇に植えてって言われたんだぁ」

「そ、そうなのか。友達の方はどうしたんだ？」

見たところ、天真の周りに人はいない。

「みんな用事があるらしいから、ひまりが帰っていいよって言ったんだよ。お友達はみんな手伝おうとしてくれたけどねぇ」

そう説明する天真は花鉢をすごく重そうに抱えている。

女の子にこんな物を持たせるなんて、どこの生物の先生だよ。

「なあ天真。それ俺が持つよ」

「えっ、別に大丈夫だよぉ。ひまりこれくらい余裕でモテるからぁ」

「そんなことないだろ。腕がさっきからプルプルしてる」

天真の腕を指さしながら指摘すると、

「……優吾くんのえっち」

彼女は少し顔を赤らめながら呟いた。なにその反応。可愛すぎるだろ。

「と、とにかく、これ以上女子にそんな重い物を持たせるわけにはいかない。それは俺が運ぶよ」

「……わかった。じゃあ今回はお言葉に甘えさせてもらうね」

それから俺は天真から花鉢を受け取る。

天真には格好をつけてしまったが、これ結構重いな。きちんと中庭まで運べるだろうか。

「でも花を植えるのはひまりがやるからねぇ。優吾くんは花とか植えられそうじゃないし」

「ひどいな、天真」

まあ確かに花とかきちんと育てられたことは一回もないけどさ。

小学校の時に授業でもらった朝顔だって芽が出るところまではいったけど、その後の管理が不十分だったせいで一度も花が咲くことはなかった。

「ふふっ、じゃあ行こっか」

「そうだな」

天真に促されると、二人で中庭へと向かって足を進めた。

そういえば、月宮はどうしようか。……まあいいや。後で考えよう。

俺と天真は中庭に着くと花鉢の花を空いている花壇に植えた。

もちろん植えたのは天真だ。

「よぉし、これでいいかなぁ？」

「この花って、何の品種なんだ？」

たったいま植えられたばかりの花を見つめながら訊ねた。

見たことがない点からして、バラとかラベンダーとか有名な品種ではないっぽいが。

「生物の先生が言うにはね、クレマチスって花らしいよぉ。これは春に咲く花なんだけど、クレマチスの中には夏に咲いたり冬に咲いたりするものもあったりするんだってぇ」

「へぇー、同じ花なのに種類によって咲く時期が異なるなんて珍しい花だな」

「そうだねぇ」

天真との他愛のない会話。

でも俺にとってはこれが超楽しい。叶うならいつまでも続けていたいくらいだ。

「ねえ優吾くん。花植えてちょっと疲れたから、少しそこで休んでいかない？」

一人浮かれていると、不意に天真からそう言われた。

彼女が示している先は、中庭の中央に植えられている大きな桜の木、その下に設けられているベンチだ。

「あぁ、別にいいぞ」

「そっか。じゃあ早く行こ」

天真はにこにこしながら後ろから背中を押してくる。

ちょっ、いきなりそんなことしないで欲しい。急に触れられたら、まじで心臓に悪い。

俺と天真はベンチの前まで来ると、少し距離を空けて隣同士で座った。

「知ってる優吾くん」

「なにがだ？」

「この桜の木の下のベンチに男女で座るとね、その二人はカップルになれるんだって」

「そ、そうか……」

平静を保って言葉を返したが、鼓動は今までにないくらいに早まっていた。

そんな話あったっけ。全く聞いたことがないんですけど。

「だから、これでひまりと優吾くんもカップル同然だね」

「っ！」

天真から微笑みかけられると、一瞬で鼓動が跳ね上がった。

なんて可愛さだ。油断すると心拍数が上がり過ぎて死ぬかもしれん。

「か、カップル同然って……」

「クスッ、まあ実は全部嘘なんだけどねぇ」

「えっ、そうなの？」

「うん。このベンチに座ったらカップルになれるって話はたったいまひまりが適当に作ったんだよ」

テヘペロとお茶目に舌を出す天真。

くそう。騙されたのに、全然嫌じゃない。むしろ良い。

「でも、もしこの先優吾くんとひまりが本当にカップルになったらひまりの作った話もホントの話になるかもねぇ」

そう言うと、天真はこちらを真っすぐに見つめてくる。

えーと、これはからかわれてるのだろうか。それとも……。

「そ、そうかもな……」

判断がつかないので、とりあえず当たり障りのない言葉を返すと、

「……そうだね」

天真の表情が少し曇った気がした。これは……。

「………」

勘違いかもしれないが、もしやここは告白するべき場面なのではないだろうか。

満開の桜の木の下。今回もシチュエーションは完璧だ。

さらに過去俺の告白を邪魔してきた月宮はこの場にはいない。ということは、今告ってしまえば俺の気持ちはようやく天真に届くのではないだろうか。

「……よし」

小声で気合を入れると、今から俺は告白することを決意する。

「て、天真！」

「な、なにかな！」

緊張で思わず大きな声で名前を呼んでしまうと、天真は驚いたように身体を弾ませる。

そこで一旦周りを見回すが、月宮らしき姿は見えない。

大丈夫だ。この告白は成功する……かはわからんが、少なくとも想いは届く。思い切っていくぞ、俺。

そう自らを鼓舞しながら、緊張で震えている拳をギュッと握りしめて、言った。

「俺は『おっぱい』のことが好きなんだ！」

……あれ？　俺、いまなんつった？

「そ、そうなんだ……」

前を向くと、天真は苦笑していた。

「い、いや違うんだ。これはその……」

おいおい一体何が起こってるんだ。俺は確かに天真のことが好きだと言ったはずだぞ。

それなのに、どうして俺は『おっぱい』が好きなんて言っちまってるんだよ。

「そ、その……優吾くん。お、おっぱ……が好きなのは良いと思うよ。うん」

「だから違うんだ。俺はこんなことを言おうとしたんじゃ……」

「じゃあひまり、花鉢を先生のところに返しにいかないといけないからもう行くね」

天真はそう言って立ち上がると、空になった花鉢を持ち上げる。

「えっ、ちょ……待って」

「じゃあね、優吾くん」

止まってもらえるよう必死に腕を伸ばしたが、天真は逃げるようにこの場を立ち去ってしまった。

「……ったく、一体何がどうなってんだ」

たったいま俺は確かに天真に『好きだ』と言ったつもりだったんだ。

でも実際に口から出た言葉は『おっぱい』だった。

こんな状況で『おっぱい』と零れてしまうほど、俺は『おっぱい』に飢えていたというのだろうか。

「優吾よ。今回も告白は上手くいかなかったようだな」

傍らからそんな声が聞こえてきた。

視線を向けると、天真が去った方向から月宮が現れる。手元にはステッキが握られていた。

「……お前の仕業か」

「もちろんだ。優吾に告白をさせるわけにはいかないからな。ちなみに今回は優吾が天真陽毬の名前を呼ぼうとすると『おっぱい』に変換されてしまうように力を使ってみたぞ」

「なんてことをしてくれたんだよ……」

おかげで俺がめっちゃおっぱい好きみたいになっちまったじゃねぇか。

「ゆ、優吾が悪いのだぞ。我を待つと言っていたのに天真陽毬に告白するから」

ぐっ……まあ確かに俺が悪い面もあるが、告白くらい別にしたっていいだろ。

「……なあ月宮。なんでお前はそんなに俺の告白を邪魔するんだ？」

「っ！　そ、それは……我は優吾のことが好きだから……」

「それは朝にも聞いた。でも俺が告白をしたところで成功するかなんてわからないだろ？」

正直、この告白の勝率はいいとこ五分五分くらいだと個人的には思っている。

「だが、告白が成功して優吾が天真陽毬と付き合ってしまうかもしれない」

「いや、悪いけどその時はさすがに諦めてくれよ」

「無理だ」

「…………」

人の恋愛の成就をムリと返す。ラブコメの神様がまさかの発言だな。

「だ、だって……わ、我は、優吾のことが好きなんだもん！」

「だもんって……」

そのキュートな語尾はなんだよ。ちょいちょい出てくるけど。

「と、とにかく、我はこれからも優吾の告白を邪魔し続けるぞ！　だ、だから、優吾は早くあの女を諦めて、わ、わわ、我を好きになってください！」

一方的に宣言すると、月宮は顔を真っ赤にしながら足早にこの場を去っていった。

そして、取り残された俺。

「…………」

まじか。このままだと俺、本当に好きな人に想いを告げられないまま高校を卒業することになっちまうぞ。

しかも天真は俺の初恋の人。十六年間の人生で初めて恋した相手だ。

それなのにこんなよくわからんファンタジーなことで俺の初恋は終わってしまって良いのか。……いやいや絶対にダメだろ。

「……探そう」

月宮のラブコメの神様の力を防ぎつつ、告白を出来る方法を探し出す。もうこれしかない。

でないと、俺の初恋が実ることも散ることもなく消えてしまう。

「よし！　あいつの神様の力を阻止して、絶対に天真に告白してやる！」

そうして俺は人生最大の決意をしたのだった。

ちなみに、天真と言おうとすると『おっぱい』と言ってしまう現象はその日の深夜まで元に戻らなかった。月宮め、まじで許さん。

　翌日、午前の授業を終えて迎えた昼休み。

　俺は屋上で一人昼飯を食べながら昨日やると決めた『ラブコメの神様の力を阻止して天真に想いを届ける方法』について色々と思案していた。

　月宮曰く、ラブコメの神様の力は人間の恋愛の手助けまたは邪魔をするためにはどんな現象でも起こせるらしい。ぶっちゃけチート過ぎる能力だが、俺は熟考した結果、この能力を阻止しつつ確実に告白するための三つの条件を思い付いた。

　一つ目は、月宮の何らかの『弱み』を握ること。割と最低な方法だと思うが、彼女の弱みを握ってそれを盾に告白の邪魔をさせないといったところだ。

　二つ目はラブコメの神様の力の『欠点』を探すこと。何らかの条件で発動できなくなるとかいう可能性もなくはないしな。

　そして最後は、『協力者』を得ること。つまり俺の告白をサポートしてくれる人を見つけて、その人に月宮が告白の邪魔をするのを防いでもらうってところだ。まあどう防いでもらうかはわからないけど。

　以上が月宮に告白の邪魔をされないための対策なのだが……ここで一つ問題がある。

それは身近な友達が皆無に等しい俺には、当然ながら月宮の『弱み』や力の『欠点』を入手するための情報提供者もいなければ、告白を手伝ってくれそうな『協力者』もいないってことだ。……いや一人だけいたな。

「千歳にでも頼んでみるか……」

でもあいつは今部活の大会が間近で忙しいらしいからな。

あまり迷惑をかけるわけにはいかないか。

ところで月宮は昼休みを迎えると、天真に誘われて一緒に食堂へと向かっていった。

ちなみに、天真が月宮を昼食に誘う時の会話がこんな感じだ。

『アテナちゃん、一緒にお昼食べに行かない？』

『い、嫌だ……』

『そんなこと言わずにさぁ、一緒に食べに行こうよぉ。きっと楽しいよ？』

『だ、だから嫌だと言っている！』

『もぉ、こうなったら強引にでも連れて行くからねぇ』

『っ！　な、何をする！　や、やめろ！　は、離せ！　離すのだぁ！』

……まあ天真が無理やり月宮を連れて行ったと言っても否めない。

でも、これも未だにクラスに馴染めていない月宮に対して気を遣っての行動なのだろう。

天真は優しい女の子だからな。というわけで、月宮はこの場にはいない。

まあ丁度良かったな。一人であれこれと考えたかったし。

なんて思っていると、不意にガチャリと屋上の扉が開いた。

この時期はまだ若干寒いから屋上で昼食を摂(と)る人は少ないんだがな。今日だって俺以外一人もいないし……もしかして月宮か？

一瞬そう思ったが、どうやら違ったみたいだ。

現れたのは、ツインテールの少女。

金色に煌(きらめ)く長い髪はリボンで二つに結われており、瞳は翠(みどり)色に輝いていた。

色白で、華奢(きゃしゃ)な身体(からだ)。プラス顔立ちは良く、控えめに言って美少女過ぎる美少女だ。

「って、ちょっと待て。あの子は……」

呟(つぶや)いたのち、必死に記憶を掘り起こす。

ツインテールで、綺麗(きれい)な顔のつくりで、美少女で……！

思い出したぞ。あれは一昨日(おととい)、廊下で舌打ちしてきた女子生徒じゃないか。

はじめは俺が財布から落としたお金を拾ってくれたからいい子だと思ってたのに、俺の顔を見た途端の舌打ちだったもんな。あれは割とまじで落ち込んだ。

「っ！」

とか思っていると、ふと美少女と目が合った。

「……チッ」

そして、舌打ちされた！

見た目はすごぶる良いのにガラ悪いな。それとも俺がめっちゃ嫌われてるだけなのか？

しかし美少女は踵(きびす)を返すことはせず、それどころかなぜか俺の隣へと座った。

なぜだ。席は他にも沢山あるのに。まさかこれってフラグ？

「あんた、桐島優吾(きりしまゆうご)でしょ」

「えっ、あぁそうだけど」

どうして俺の名前を知ってるんだろう。やっぱりフラグなのか？

「この童貞！」

突然叫ばれた。あっ、これ全然違ったわ。フラグとか微塵(みじん)も立ってなかったわ。

「なぜいきなり童貞呼ばわりされたのかわからないが、人を見た目で判断するな。俺が童貞かどうかなんてまだわからないだろうが」

「もうそうやってグダグダ言ってるとこがまさに童貞である証(あかし)ね。あーあどうでもいいところで見栄(みえ)を張る男ってホント嫌だわ」

そう言って肩をすくめる美少女。こいつ……。

「あのな、ほぼ初対面の相手に失礼だぞ、つーかお前誰だよ」

強めの物言いで生意気なツインテールに訊(たず)ねると、

「あたしは姉さんの妹——月宮(つきみや)ユノ。ユノ様と呼びなさい」

姉さんの妹って、まずどこの姉さんだよ……ん？　月宮？

「お前、もしかして月宮アテナの妹か？」

「その通りよ。というかあんたごときが姉さんの名前を口にしないでくれない。この童貞」

会って数分でストレスの限界を迎えた。人を苛立たせる天才か、こいつは。

「まったく。姉さんもどうしてこんなヘボヘボ不細工な男を好きになっちゃったんだか……理解不能ね」

月宮妹――ユノは呆れるようにぼやいた。ホントいちいち失礼なやつだな。

「姉さんから聞いているわ。姉さんはあんたのことが好きだって」

「月宮から？」

あいつ、家族にも俺のことを喋ってたのか。

「ホントこんなへなちょこが姉さんの想い人だなんて、未だに信じられないわ」

冷たい視線で見下ろしてくるユノ。後輩が先輩に向ける目じゃねえぞ、これ。

「……で、どうして俺はこんなにも月宮の妹に罵倒されなくちゃいけないんだ？」

そもそも、俺はユノに一回も罵声を浴びせられる何かをした覚えがないんだが。

「それはね、あんたのせいであたしの大好きな姉さんがあんたごときに夢中になってしまったからよ！」

威風堂々とシスコン宣言をするユノ。……いや、これどう反応したら良いんだよ。

「つまり、その大好きな姉の心がこんな冴えない男に取られて悔しいと？」

それにユノは「そういうことよ！」と返して、ビシッと指をさしてきた。

「言っておくが、俺は別に月宮のことはなんとも思ってないぞ。それにお前の姉には何度も告白を邪魔されていてだな……」

「ええ知っているわ。この世で最も美しい存在である姉さんに好かれているのに、天真とかいう他の女に現を抜かすからでしょ。自業自得よ」

「自業自得って……」

つーかこいつ、天真のことも知ってるのかよ。

どうせ月宮から聞いたんだろうが……あいつまじで喋りすぎだな。

ってな具合で年下のユノに罵られまくっていると、ふとあることが頭を過る。

「……月宮の妹ならユノもラブコメの神様とやらなのか？」

「ちょっとユノ様って呼びなさいよ」

「はいはい。……で、ユノはラブコメの神様なのか？」

ポカポカ叩かれた。地味に痛いからやめて。

「ええそうよ。あたし、神様なの」

ユノは胸に手を当てて誇らしげに語る。

「って言われてもな……」

見た目はどう見ても人間だし、特に神様っぽいところが見当たらない。

「信じられないって顔してるわね」

「まあそうだな。空から女性用の下着でも降ってきたら信じるかもしれん」

過去月宮が俺の告白を邪魔する際に使ったと思われることを口にしてみると、

「……はぁ。しょうがないわね」

ユノが大きく息を吐くと、いつの間にか彼女の手にはステッキが握られていた。月宮が使っていたものと全く同じやつだ。

「えいっ」

それからユノがステッキを振ると無数の光の粒子が現れ、それは勢いよく青空へと向かって上昇していく。

直後、ドサドサッ！　と上から何かが落ちてきた。

「っ！」

確認すると、それは紛れもなく女性用のパンツ。しかも大量且つ種類が豊富で可愛らしいクマさんパンツから刺激強めの紐パンまでと様々な物が揃っている。

「どう？　これであたしが神様だって納得したかしら？」

「……あぁ一応」

そう返すと、俺はパンツの山からさりげなく一枚をポケットの中に忍ばせる。

「じゃあもうこれは要らないわね」

しかし、次にユノが再びステッキを振ると、パンツは全て綺麗に消えてしまった。

もちろん俺が持っていたパンツも。

「おい、なんで消すんだよ」

「なによ文句あるの。それ以上言ったら天国送りにするわよ」

ギロリと睨まれた。神様にそのセリフ言われると冗談に聞こえないんだが。

「あとね、ポケットに下着を隠していたのもバレバレなのよ。この変態」

「…………」

何も言い返せねぇ。

「ホントあたしの大好きな姉さんはこんなやつのどこに惚れたのかしら……」

ステッキを消したあと、ユノはぼやいた
そんなこと言われても、その辺は俺もよくわからないんだよ。

直接聞こうにも「俺のどこが好きになったんだ?」なんて面と向かって聞きづらいし。

まじで月宮はどうして俺を好きになったんだ。ミステリーだな。

「とにかく今後はあたしの姉さんにちょっかい出さないでくれるかしら?」

「いや別にちょっかいなんて出してねぇよ」

むしろこっちの告白を邪魔されてるんだって。

「あのなぁ、シスコンもあんまり度が過ぎると大好きな姉さんに嫌われるぞ」

呆れつつそう指摘すると、急にユノが黙り込んでしまった。

あれ、なんかおかしくない？

「おい、どうかしたか？」

「……イイエ」

急に片言になったぞ。これ絶対おかしいだろ。

それに顔は背けてるし、目は絶対合わせようとしないし。なんか挙動不審だ。

「お前、何か隠してるのか？」

「ソンナコトナイワ」

「嘘が下手くそ！」

そうツッコむと、ユノは「うぅ……」と呻いたのち何かを諦めるように一つ息を吐いた。

「もうわかったわ。あんたはあたしのライバルだから特別に話してあげるわよ」

「えっ、いいのか？」

ユノはこくりと頷く。なぜ特別になのかはわからないが教えてくれるらしい。

なんというか……意外にあっさり明かしてくれるんだな。

「あのね、あたしは一年前から姉さんに恋をしてるの」

とか考えていたら、唐突にユノの口から妙な言葉が出てきた。

「恋？　って、それはシスコン的な？」

「違うわ。あたしは姉さんに恋愛感情を抱いているのよ」

平然と述べるユノ。おい、なんか衝撃のカミングアウトをさらっとぶち込んできたぞ。

「なあ、それってなんか問題ないのか？　色々とさ」

「そ、それは……」

そこでユノは言葉に詰まる。大アリなのかよ。

「ま、まあそれは今はどうでもいいのよ」

「どうでもよくはないと思うがな……」

そう指摘するも、ユノは構わず話を続ける。

「姉さんへの恋を自覚して以降、あたしは姉さんの前で極端に口数が減るようになったの」

「ってことは、月宮（つきみや）を好きになってからユノはあまり月宮とは話せてないのか？」

そう言うと、ユノは「そうよ」と首肯した。

「そのせいでここ一年間は一方的に姉さんと気まずくなっちゃってるの。もう最悪よ」

話し終わった後、ユノは肩をがっくりと落として大きく溜息（ためいき）を吐（つ）いた。

「それがお前の隠していたことか？」

「ええそうよ」

ユノは項垂（うなだ）れたまま小さく頷いた。

「なるほど。大体は理解した」

　これは要するに恋心を自覚してからユノは姉の月宮と上手く喋れなくなって、そのまま居心地が悪い関係にもなってしまったと。

　ただし、一方的にってことは、月宮の方はユノのことを特別意識はしていないのだろう。

「そういや自分で聞いといてあれだが、良かったのか？　俺にこんなこと話して」

「構わないわ。だって、あんたはあたしのライバル――恋敵だもの」

　ビシッと指をさされてライバル宣言された。……なんか面倒くさいからスルーしよ。

「スルーしないでよ！」

　何かを察したのか、すかさずツッコまれた。

　が、それに対応するのも億劫なので無視してユノにあることを訊ねる。

「なあユノ。お前は現状の月宮との関係をどうにかしたいとかは思わないのか？」

「……それはどうにかしたいに決まってるでしょ。このまま好きな人とぎこちない関係のままなんて嫌だもの」

　そんな彼女の答えに、俺は口元を微かに緩めた。

　先ほどのユノの話を全て聞いた直後。実を言うと俺はとある作戦を思い付いていたのだ。

　もちろん天真に自分の想いを届けるための作戦だ。

　もしこれが実行できればかなりの高い確率で天真に告白することが出来ると思う。

　ただ、そのためにはやらなければならないことが幾つかあるわけで……。

「じゃあさ、俺とお前で協力をしないか？」

「協力？　ってどんな協力よ」

　ユノに訊かれて、俺は口元をニヤリとさせながら答えた。

「それはだな、俺がお前たち月宮姉妹の関係の改善を手伝う代わりに、お前には俺の告白を手伝ってもらう」

「告白の手伝い？　なんであたしがそんなことしなくちゃいけないのよ」

　俺の提案に月宮妹は明らかに不満げな態度を見せる。

「悪い提案じゃないと思うがな。ユノからしたら大好きな姉と親密になれる、且つ恋敵を消すことが出来るんだぞ。まさに一石二鳥だ」

「た、確かにそうかもしれないけど……」

「それともお前はこの先ずっと大好きな姉と気まずいままの方が良いのか？」

「うぐっ……そ、それは嫌だけど……」

「じゃあ俺と協力しよう。そうした方がきっと互いのためになる」

　敢えて優しい口調で語りかける俺。

　それに対して月宮妹はぐぬぬ、と悔しそうに唇を噛みしめながら、

「わかったわよ。そんなに言うなら協力してやろうじゃない」

その言葉に、よし！　と俺は心の中でガッツポーズをする。

「じゃあ早速だがユノ。お前の連絡先を教えてくれないか？」

「えっ、なんでよ……っ！　あんた、まさかあたしに惚れたんじゃ……」

「んなわけあるか⁉　ついさっき俺の告白の話をしたばかりだろうが！」

頬を染めて睨みつけるユノに、俺は大きく叫んだ。

「あのな、これから俺はお前と月宮の関係を改善するために色々やるんだぞ。お前と連絡が取れないと何かと困るだろうが。そのために連絡先を交換するんだよ」

「あっ……そ、そういうことね。わかったわ」

俺の話を理解してくれたようで、ユノは制服のポケットからスマホを取り出す。

まったく。勘違いが激しい神様だな。

「よし。連絡先も交換したことだし。早速作戦会議だ」

「えっ……そ、そうね。そうしましょう！」

それから俺とユノは昼休みの時間一杯を使って姉妹関係改善の方法について話し合ったのだった。


午後の最初の授業が終わった後の休み時間。次の授業が体育のため更衣室へと移動して

いたのだが、

「やべっ」

ふと体操着がないことに気づく。

昼休み以降月宮姉妹についてあれこれと考えていたからか、うっかりしていた。

一旦、教室に戻らないと。

「しかし、姉妹関係の改善ってどうすりゃいいんだろうな？」

来た道を引き返しながら、そう呟いた。

ユノと協力関係になったは良いものの、如何せん俺には兄弟も姉妹もいないので関係改善の仕方とかイマイチ何も思い浮かばない。

あれから昼休みの残り時間を使って、俺はユノから月宮姉妹の現状をもっと詳しく教えてもらった。それによると、まず月宮姉妹はまったく話さないというわけではなく、姉妹間で互いに話しかける割合は姉が九、妹が一。

主に姉の月宮の方が妹に頻繁に話しかけるそうだが、それに対してユノは緊張のあまりまごまごとした反応しか返せないらしい。

それゆえ姉妹で会話を始めても、一分も持たないこともしばしば。

つまり今回の問題を解決するには、妹のユノが大好きな姉の月宮とフツーに喋れるようになれば良いわけで……。

「っ！」

なんて思いつつ、教室の扉を開けると室内には天真の姿があった。

思わぬ展開に急激に心音の速さが増していく。

「ゆ、優吾くん⁉」

そんな俺を見て、天真は驚いたような声を上げる。

彼女はなぜか俺の席に座っていて、机の上には俺の体操着が入っている袋が置かれていた。加えて、天真の手には俺の体操着のズボン。

「よ、よう……って、それなにやってんだ？」

「っ！　こ、これは……」

天真は顔を真っ赤にしながらあわあわとする。なんかよくわからんけど、すげぇ可愛い。

「あっ、もしかして俺がジャージを忘れていることに気づいて届けようとしてくれていたのか？」

それなら色々と納得がいく。ジャージが出されているのは、念のため体操着が俺のモノか名前を確かめようとしていたからに違いない。

「えっ……そ、そう！　そうだよ優吾くん！」

「やっぱりそうか！」

わざわざ他人の忘れ物を届けようとしてくれるなんて。なんて優しいんだ。

「はい。どうぞ」

ジャージを袋に詰めると、天真はそのまま袋を差し出てきた。

「おう、ありがとな」

ひまりはそろそろ行くね？」

袋を受け取るや否や、天真はそう言って教室を後にしようとする。

が、ここで俺はふとあることを思い出した。

「ちょっと待ってくれないか？」

天真は扉の手前でピタッと止まると、こちらへと振り返る。

「な、なにかな？」

「天真に一つ訊きたいことがあるんだ」

そう言うと、天真の身体がビクッとした。

なぜだろう。心なしか少し怯えられている気がする。

「たしか天真には妹がいたよな？」

「う、うん。そうだよぉ。三つ下にね」

やっぱり。去年何回か聞いたことがあった。

「天真は姉妹喧嘩したときってどうやって仲直りするんだ？」

「けんかの仲直り？　もしかしてそれが訊きたいこと？」

「あぁ」

そう返すと、天真はほっと息をついた。一体どんなことを訊かれると思ってたんだ。

「うーん。そもそもひまり、妹とけんかとかしないからなぁ」

顎に人差し指を添えながら、じっくりと考える。

「デートとか、かなぁ」

「デート？」

「うん！　だって、どれだけ仲が悪くなっても姉妹とか兄弟って一緒に楽しい事すれば大体は元に戻れちゃうからね！」

ニコニコ笑顔で説明してくれた天真。

デートか。たしかに月宮姉妹の微妙な関係を修復するには、それくらいするのもアリかもな……。

「あっ、もしかしていま優吾くんの役に立てたのかな？」

「……えっ、あぁ。すごく役に立った。ありがとな」

「えへへ」

天真は嬉しそうにはにかむ。まじで可愛いな。

「じゃあひまりは行くね。女子も体育だから着替えなくちゃいけないし」

「お、おう。そうか」

「……優吾くん、いまひまりのエッチな格好想像したでしょ？」

「し、してないから！　全くしてないから！」

天真はクスクスと笑う。途中まで少し様子がおかしかったけど、最後の最後は天真にいいようにからかわれた俺だった。


体育が終わった後　教室に戻って自分の席に座ると、早速俺はスマホを取り出してユノへのメールを打った。内容はもちろん月宮姉妹の関係修復の件だ。

『ユノ、今度の週末に月宮をデートに誘え。それで姉妹関係は修復できるかもしれない』

送信っと。……よし。これで放課後くらいにはあいつも見るだろう。

さてここで余談だが、未だに天真に告白が出来ていない俺だけど彼女のメアドはきっちりと入手している。

その経緯は昨年の春頃で彼女がイメチェンをする前。

当時はまだ学園のアイドルというわけではなかったので二人で登下校を一緒にする機会もそれなりにあった。その際に俺から聞いたのだ。

天真とメアドを交換できた時は嬉しすぎて意味もなく叫びだしそうになったのを今でもよく覚えている。それ以降、天真とは今までに何通かのメールのやり取りをしているのだが、これがまた死ぬほど楽しい。

そういえば、俺がメアドを聞いたちょうど一日前に天真は携帯を買ったとか言っていたな。彼女曰く、それが人生初の携帯電話だったらしい。

今思えばかなりタイミングが良かった気がするな。

そんなことを思っていると、急にスマホが振動した。見てみると、ユノからの返信だ。

『デートなんて、そんなの誘えるわけないじゃない！　バカじゃないの！』

予想通りの反応。でもバカはちょっとひどい。

『そこは頑張れよ。月宮に全く話しかけられないってわけじゃないんだろ？』

そう返して、俺はひとまずスマホを机の上に置く――が、またすぐにスマホが震えた。

……あいつ、返信早すぎんだろ。

『それはそうだけど……デートなんて……』

『別にデートって直接的に言わなくてもいいから。何か上手い理由を付けて月宮と出かけろ。そしたら学園のアイドル曰く、姉妹と仲直りが出来るらしいぞ』

『何か理由って、そんな難しいこと……ん？　学園のアイドル？　って、あんたまさかこれ自分で考えたんじゃないの？』

おうふ。勢いでつい余計なことを言ってしまった。

でも大丈夫。こういう時はあの言葉を使えば大体は切り抜けられる。

『テヘペロ』

『死ね』

全然ダメだった。

「何をやっているのだ？」

「うわぁ!?」

突然声を掛けられてビビりまくっていると、傍らには銀髪美少女が立っていた。月宮だ。

「むっ、何故そんなに驚く必要がある？」

「いや、そりゃ不意に話しかけられたら誰でも驚くだろ」

と、それもそうだしユノとのメールのやり取りが見られるのがまずかったってのもある。

でも、この反応からするに月宮はメールの内容を見ていないみたいだな。

「ふふっ。我は急に優吾に話しかけられても驚かないがな。むしろ嬉しい」

なぜか得意げな笑みを零す月宮。

本当だろうか。じゃあ今度背後から忍び寄って声を掛けてやることにしよう。

「あっ、そういやお前に訊きたいことがあったんだ」

「訊きたいこと？　なんだ？　我のスリーサイズか？」

「ちっがう！　それは教えなくていい！」

全力で否定すると、月宮は「別に優吾なら良いのに……」とか呟いていた。

こっちが良くねぇよ。

それに俺が唯一知りたいスリーサイズがあるとすれば、それは天真の数値だけだ。

と思いつつ、チラリと天真の元へ目をやると、彼女は友達と楽しそうに談笑していた。

可愛い。好きだ
「では、我に一体なにを訊きたいのだ？」

「別に大したことじゃないんだが……お前のメアドを教えて欲しいんだ」

「ひゃうっ！」

ひゃう？

「そ、それはつまり……ゆ、優吾は我とメールをしたいということか？」

「その必要があるから、こうやって訊いてるわけなんだが」

「っ！　そ、そうか……」

大丈夫か、こいつは。さっきからどこか落ち着かない様子だが……！

「もしかしてスマホとか持ってないのか？」

ユノとは当たり前のように連絡先を交換したが、よくよく考えたらこいつらは神様なんだ。そんなファンタジーな女の子がスマホ等の電子機器を持っているとは限らないんじゃないか？

「いや、スマホは持っているぞ」

「持ってんのかよ」

月宮がスカートのポケットからあっさりとスマホを出すと、思わずツッコんだ。

「じゃあなんでそんな微妙な反応なんだ？　俺とメアドを交換するのが嫌なのか？」

「ち、違う……そうではない」

俺が問うと、月宮は否定した。

良かった。これで嫌だとか言われたらフツーにショックだったわ。

「じゃあなんだ？」

「そ、その……ゆ、優吾とメアドを交換できるのが嬉しくて……」

月宮は恥ずかしそうにスマホで口元を隠しながらそう言った。

これはえーと、なんというかあれだな……ごめんなさい。

「そ、そうか……」

「……うん」

そんなやり取りを一つ交わすと、二人の間にいつかの時のような気まずい空気が流れる。

「と、とりあえず交換するか」

「う、うん！」

月宮の嬉しそうな返事を聞くと、俺は彼女とメアドを交換した。

その後、月宮は「これから毎日百通くらい優吾とメールしようかな」とか呟いていたが、当然俺は「それだけはやめてくれ」と断った。

おそらくこの時きちんと拒んでいなかったら月宮は本気で百通送ってくるつもりだっただろう。俺がノーと言える日本人で良かったぜ。


その日の夜。俺は自室でメールをしていた。相手は月宮の妹――ユノ。内容はもちろん月宮姉妹デートについてだ。

『月宮をデートに誘ったのか？』

そう打って送信すると、数秒後には返信が来た。やはりユノはメールのやり取りが早いらしい。メールが得意な神様……なんか残念だな。

『……一応誘えて、了承も貰えたわ』

『おぉ、まじか!?』

思いがけない文面を見て声を上げる俺。

正直、休み時間に行ったメールのやり取りの感じでは、今日中に誘うのは無理だと思っていたんだが、やったなユノ。

『でも、どうやって誘ったんだ？』

『人間の恋愛の手助けをしに行くって名目で姉さんをデートに誘ったわ』

『人間の恋愛の手助け？　なんだそれ』

『ラブコメの神様はね、自らの力を使って定期的に人々の恋愛をサポートしないといけないのよ。だから今度の休日にそれを姉さんと一緒にやるの。も、もちろんデートもやるわよ』

定期的に恋愛をサポートか。大変そうだな。まあ神様だから当然か。

『それで、場所は？』

『最寄り駅近くのショッピングモールよ』

ショッピングモール——それは先ほど最適なデートスポットの情報を聞き出すべく俺が月宮とメールを交わした時、彼女がデートに行きたい場所の一つとして挙げていたものだ。

その後、情報をすぐにユノへと送っていたんだが……役に立ったようでなによりだな。

ちなみに、今日教室で月宮とメアドを交換したのはもちろんこのためである。

これは余談だが、メールをやり取りしている間、月宮からは『優吾が好きな食べ物は？』とか『優吾の趣味は？』とか送られて対応するのにすごく大変だった。

しかも意味もなくやたら語尾にハートマーク付けてくるし。

『ここまでは順調だな。あとは月宮と仲良くなれるようにデートをするだけか』

『そうね。……ねぇ、あんたに一つ訊きたいことがあるんだけど』

『訊きたいこと？　なんだ？』

『あんたってさ、その……あたしが姉さんを好きなことに引いたりとかしないの？』

不意にそんなメールが送られてきた、正直驚いた。

と同時に、ユノの不安そうな表情が頭の中に浮かんだ。

『確かに実の姉を好きになることは、人間の世界でも神様の世界でもおかしいことなのかもしれないな。でも俺は引いたりなんて絶対しねぇよ。そもそも誰を好きになろうとそいつの自由だろ。それに恋なんて好きになった時点で自分でも止められないものなんだよ』

だから、俺は素直に答えた。いま天真に好意を抱いている俺だからこそ自信を持って言える言葉だ。

『そ、そう……童貞のあんたにしてはなかなか良いこと言うじゃない』

『そうだろ？　童貞は余計だがな』

こいつは俺にあと何回童貞言うつもりなんだよ。

『それよりもあんたに頼みたいことあるんだけど』

『唐突に内容を変えてきたな。……頼みってなんだよ』

『その……あたしと姉さんのデートに付き添ってもらえないかしら？』

そこで俺は吹いた。デートに付き添いってなんだよ。そんなデート聞いたことないぞ。

『必要ないだろ。俺がいたって邪魔になるだけじゃん』

『そ、そんなことないわよ。だって姉さんと二人きりだとあたし絶対に緊張しちゃうもの。

デートが失敗する可能性大いにあるわよ』

大いにあるとか、自分で言っちゃダメだろ……。

『でも学園のアイドル曰く、デートをするだけで簡単に姉妹関係は改善されるらしいぞ』

『だからその学園のアイドルって誰よ!?』

『……天真だよ』

『天真……って、あんたが好きな女じゃない。そいつの言うことは本当に信用していいの？』

『当たり前だろ』

『……怪しいわね』

『怪しくねぇよ』

さすがに疑いすぎだろ。天真に失礼だぞ。

『ねぇ、やっぱり来てくれない？』『来て欲しいんだけど』『お願いよ！』

こいつ、どんだけメール連発してくるんだよ。

とか言いつつ、姉妹関係の改善に協力すると言った手前、これだけお願いされると断るのも気が引けるわけで……。

『……わかったよ。お前ら姉妹のデートについていくだけでいいんだな？』

『ええそうよ！　ありがとう！』

了承すると、まさかのお礼が返ってきた。あいつ『ありがとう』なんて単語知ってたんだな。てっきりそういう系のワードはユノの頭の中から全て削除されてると思ってたわ。

それから数秒後、ユノから時刻と待ち合わせ場所についてメールが送られてくると、この日のやり取りは終了した。最後までメールのスピードが早いユノだった。

☆

迎えた休日。普段の俺なら今頃自宅でゴロゴロしながら溜(た)めていた録画を見たり、ゲームをしたり、漫画を読んだりしていることだろうが、今日の俺は違った。

朝っぱらから人通りの多い最寄り駅近くのヘンテコなオブジェの前で、女子二人と一緒にいたのだ。

「な、なぜ!? ゆ、ゆゆ、優吾(ゆうご)がこ、ここにいるのだ!?」

そんな風に噛(か)み噛(か)みで驚いているのは月宮(つきみや)だ。

彼女の服装は上は無地のTシャツに、下はデニムのボトムス。

ややラフな格好だが、さすが規格外の美少女。明らかにそこら辺の女性とは違う。

もし一人で街を歩いていたら、一分につき数十人規模でナンパされているに違いない。

「なぜって言われてもな……」

困惑している月宮にそう返すと、俺は隣へと視線を移す。

「……お前。俺のこと話してなかったのか？」

声を潜めて訊ねた先には、今回の姉妹デートに来てくれと頼んできたユノだ。

彼女は好きな人とのお出かけに気合が入っているのか、肩を見せるタイプのワンピースでお洒落にキメていた。

「し、仕方ないでしょ。説明しようがなかったんだもの」

「いや、そこは絞り出せよ。そもそも誰のせいで休日の朝にこんな人混みに来るハメになったと思ってんだ」

「あたしのせいじゃないわよ」

「確実にお前のせいだろ」

ユノは「うっ……」と言葉を詰まらせた。ほら、やっぱり自覚あるんじゃないか。

「と、とにかく姉さんにはあんたが説明して。あたしはこれ以上あんな可愛い姉さんと顔を合わせるのは……む、ムリだから！」

頬を染めながらユノはグッと俺の身体を前に押し出した。なんと身勝手な神様だ。

「ゆ、優吾が⁉　ど、どど、どうしよう⁉」

そして目の前では月宮があたふたしていた。

休日に俺と遭遇したことがそんなに心を乱したか。

「えっとな、月宮。実は俺とユノは数日前に知り合っていてな……」

「そ、そうなのか？」

月宮が聞き返すと、俺は一つ頷いた。

「それでユノから今日は人間の恋愛の手助けをしに行くとか言う話を聞いたから興味が湧いて見学しに来たんだ」

「な、なるほど。そういうことだったのか」

俺の微妙な説明に月宮はあっさりと納得してくれた。良かった、この子が単純な神様で。

しかし、少し経つと彼女の面持ちはどこか浮かないものへと変わる。

「どうした？　具合でも悪くなったのか？」

「そういうわけではない。ただ……優吾と会うのだったらもっと可愛い服にしておけば良かったと思ったのだ」

「そ、そうか」

至極悲しそうな表情で話す月宮に、なんか胸のあたりがむず痒くなった。

こいつはなんでこう何でもストレートに言っちゃうかな。放っておいたら思ってることを全部口に出しそうだ。

「いてっ⁉」

なんて考えていると、踵の辺りに衝撃。どうやら後ろの神様に蹴られた模様。

「なにあたしの前で姉さんとイチャついてるのよ。殺すわよ」

小声で殺害予告をしてくるユノ。神様とは思えない発言だな。

「今のどこにイチャの成分が含まれてたんだよ。お前、ラブコメの神様なんだろ？　ラブコメきちんと理解してるのか？」

「失礼ね、してるわよ。今のあたしはヤンデレよ」

「すげぇ理解してた!?」

やや瞳孔が開いているユノとそんなやり取りをしていると、月宮から声を掛けられた。

「むっ、ユノは優吾と仲が良いのだな」

じとーっとした瞳で妹を見つめる姉。ちょっと怒ってるっぽい。

「えっ、あっ……その……」

ユノは言葉を詰まらせながら翠色の瞳を右へ左へオロオロと動かしている。えっ、誰この子。俺の知ってるユノじゃないんだけど。

「そういえばユノよ。今日はショッピングモールに行くと聞いていたが……」

「そ、そうね。じゃ、じゃあ行きましょうか……その、姉さん」

顔を俯けてミュート並みの小さな声で言うと、ユノは一人歩き出してしまった。

動揺しまくりだな。……でもなるほど。これが月宮姉妹の現状か。

「さあ優吾。我らも行こう」

「えっ……あぁ、そうだな」

妹が好きな人の前で緊張していることなんて露知らず。月宮(つきみや)は呑気(のんき)な声を出して、こちらに向かってニコニコと笑っている。

こりゃ月宮姉妹の関係を改善するのはなかなかに難しそうだな。

出だしからそう感じてしまった俺だった。

やや経(た)って、俺たちはユノの先導（というかただ先頭を歩いていただけだったけど……）によりショッピングモールに到着すると、大勢の人が行き交う中、広場的なフロアに来ていた。それからひとまずフロア内の端に設けられているベンチへと座る。

「一つ訊(き)きたいんだが、人間の恋愛の手助けって具体的には何をするんだ？」

昨晩にユノから聞いていたが、イマイチ中身がわからない。

「前にも言ったが、我たちは人間の恋愛の手助けまたは邪魔をすることができるようどのようなことだって起こせる。故に今日はその力を使って人間の恋愛をサポートするのだ」

俺の問いに、月宮が詳細に答えてくれた。

簡潔に述べると、俺の告白が妨害されている力で人の恋のお手伝いをしちゃおうってわけか。……なんか面倒くさそうだな。

「あんた。いま姉さんがやろうとしてることを面倒くさそうとか思ったでしょ」

「ちょっとだけな」

直後、鳩尾(みぞおち)にパンチを貰(もら)った。めっちゃ痛(いて)ぇ。

「あのなぁ、いちいちこうやって俺に絡んできてるけど、今はお前と月宮のデートをやってるんだぞ。無駄なことやってる暇あったら少しは姉に話しかけたらどうだ？」

「そ、それはそうだけど……」

ユノはちらっと俺越しに姉の方を見る。すると偶然にも月宮と目が合った。

「どうしたのだ？　ユノ」

月宮が優しく微笑(ほほえ)むと、

「べ、別になんでもないわ……」

ユノはぽっと頬(ほお)を赤らめてすぐに目を逸(そ)らしてしまった。……はぁ。このままだと一向に姉妹関係が修復しないな。正直、それは俺としても困る。

故に妹のあまりのモジモジさに呆(あき)れつつ、俺は助け舟を出すことにした。

「なあ月宮。人間の恋愛の手助けをするってやつはまだやらないのか？　お前の妹が早く姉さんと一緒にやりたいって言ってるんだが……」

「えっ、そうなのか？」

蒼(あお)い瞳をまん丸くする月宮に、俺は「あぁ」と頷(うなず)く。ちなみに傍(かたわ)らでユノが「なに言ってるのよ！　そんなこと一言も言ってないわよ！」とか訴えてるが、全てスルー。

「なんだユノ。そういうことなら早く言ってくれてもよかったのだぞ」

お姉さんっぽい振る舞いを見せる月宮。心なしか、普段より大人びて見える気がする。

「っ！　そ、それは……その……」

恥ずかしいのか、まごまごしてしまうユノ。……まさかこいつ、ここでも「何でもない」とか言うんじゃないだろうな。

そう危惧した俺は月宮には聞こえないよう、ユノに小声で問うた。

「いいのか？　このままだとお前、一生好きな人とまともに話せなくなるぞ」

やや強めの言葉に、ユノはビクン！　と体を震わせる。それから少し経つと、彼女は一つ息を吐いて意を決したようにこう言った。

「ええ。あたしは……その、姉さんと一緒に人の恋を叶えたいわ」

月宮を真っ直ぐに見つめるユノ。顔は真っ赤っかだ。

「そうか、そうか！　では早速始めるとしよう！」

月宮は嬉々とした声を出すと、何かを見定めるように周りを見渡し始める。

「よし。ではあの二人にしよう」

そう言った月宮の視線の先には、隣り合ってベンチに座っている十代くらいの男女。

男子はメガネでいかにも貧弱そう。女子は端整な顔立ちで割とモテそうな感じだ。

一瞬カップルなのかと思ったが、傍から見てもわかるくらい初々しさを醸し出しているあたり何とも言えないラインだ。

「あれはカップルじゃないわよ」

なんて思っていると、唐突にユノがそう口にした。

彼女の手にはあのステッキ。こいつ、いつの間に出したんだ。

「神様の力を使ったのか？」

「ええそうよ」

そう言ってユノは頷いた。

神様の力って、歩いている男女がカップルかどうかもわかるのか。

「色々と便利な力だな。俺も欲しいんだが」

「それならまず神様になることね」

「非現実的すぎる」

そもそも神様ってどうやったらなれるんだよ。

「ユノ。ちょっとこっちに来てくれるか？」

不意に月宮が妹を呼ぶ。それにユノはちょっとモジモジしながらも、姉の元へ移動した。

「準備はいいか？」

「……う、うん」

やや経って、何かを話し合ったと思われる二人は先ほどの男女の方へ身体を向けながらそんなやり取りを交わす。ちなみに男女は依然ベンチに座ったままだ。

「では頼むぞ」

月宮の言葉に、ユノは頬を染めながらこくりと頷くと、手にしているステッキを振る。

その後、過去二回と同様に無数の光の粒子が現れると、それは目にも止まらぬ速さでどこかへ飛んで行った。

周りにはあまり人はいないし、おそらく誰にも気づかれていないだろう。あまり目立たないベンチに座ったのはこのためだったのか。

つーか、あの光まじでどこ行ったんだ。経験から察するにあの光に触れると謎な現象が起こるのだろうが。

「ん？　なんだ？」

ふと男女の方に視線を移すと、どうしてか二人の方へ数人のチャラ男が歩いて来ていた。

彼らは男女の傍まで近づくと、通り過ぎることはせずそのまま絡みだした。

たぶんあれはナンパだ。しかも貧弱そうな彼氏持ちの彼女を狙うあくどいナンパ。

「よし。では次は我だな」

ふっと息を吐くと、月宮もステッキを出して先ほどのユノと同様に振った。

直後、光の粒子が出現し今度は男女の下へ。

すると次の瞬間、チャラ男どもが一斉に男の方——メガネくんに襲い掛かった。

だが、なんということか。メガネくんはその全てを返り討ちにしてしまった。

あんなに貧弱そうなのに。まじかよメガネくん。すごいぞメガネくん。

たったいま起きた出来事にかなり驚いた俺だが、心なしかメガネくん自身も吃驚していた気がする。

その後チャラ男たちが全員倒れると、男女二人は手を繋ぎながら慌てた様子でその場を立ち去った。

「どうだ？　優吾」

不意に月宮から問われた。蒼い瞳はなぜかキラキラしている。

「今のはお前らが起こしたってことはわかるが……具体的には何をやったんだ？」

「それはだな、ユノが男共を二人の下へと誘導し、我はメガネの男の身体能力を一時的に強化したのだ」

なるほど。だからメガネくんはチャラ男たちを倒した時に驚いていたのか。

いつもの自分より何倍も強くなっていたわけだからな。

「にしても、なんのためにあんなことやったんだよ」

「無論、先ほどの彼らの恋愛の手助けをするためだぞ。おそらく今頃女の方から男の方への好感度はググっと上がっていることだろう。もしかしたら既に告白を済ませて付き合っている可能性すらある！」

月宮はえっへんと胸を張りながら言い放つ。そのせいで持ち前の巨乳が強調されてしまった。……すげぇ、たったいま五人くらいの男が一斉に立ち止まったぞ。

「でもなるほどな。今のが人間の恋愛の手助けか……」

まあ確かに手助けにはなってるよな。

目の前で男が身体を張って自分を守ってくれたら、女の子だってキュンキュンくるはずだし。逆にそうじゃなかったら、たぶんあの女の子はビッチだ。間違いない。

つーか、俺の告白の邪魔をするときは結構とんでもないことが起こるのに、手助けする方法はそれと比べたら意外と普通なんだな。

「では、この調子でどんどん恋愛の手助けをしていこう」

月宮は楽しそうな笑顔で元気よく言った。……あれ、そういえばユノは？

そう思って月宮の隣を見ると、彼女は熱っぽい目で姉の方をじっと見つめていた。完全に乙女していた。


それから月宮姉妹は様々な人々の恋愛の手助けをしまくった。

熟年カップルにはくじ引きで温泉旅行を当てさせてあげたり、失恋した直後と思われる女子にはイケメン王子を出現させたり、草食系男子にはラッキースケベを体験させてあげたり……等々。

　これらを見てわかる通り、一様に恋愛の手助けと言っても様々なやり方があるらしい。

……だとしても、最後のやつはどうかと思うけどな。

　とまあこんな感じで午前中を過ごしていると、徐々にだがユノは月宮とまともに話せるようになっていっている気がした。少なくとも序盤ほどはモジモジしなくなった。

　この調子で完全に、とまではいかなくても、少しでも姉妹関係が良くなれば良いんだがな。

「優吾よ。我は裁縫が得意なのだぞ」

　人間の恋愛の手助けをしつつモール内を歩いていると、不意に隣で月宮が言い出した。

「なんだよいきなり」

「だって好きな人には自分の好きなものを知って貰いたいだろう？　だから今言ったのだ」

　いや今じゃなくてもいいだろ。

「でも、イメージ的には全く出来そうじゃないけどな。裁縫とか」

「むっ。ではいつか、優吾に我の技術を見せてやろう。何を作って欲しいのだ？」

「なにって……動物とか？」

　というか、別に作って欲しいとか思ってないんだが。

「あっ」

不意に後ろから声が上がった。振り返ると、ユノが立ち止まってどこかを見据えている。

何となく気になって彼女の視線を追うと、その先にはレディース服専門のショップ。

「あそこに入りたいのか？」

「べ、別にそんなことないわよ」

「……ツンデレか」

「ツンデレてないわよ！」

「はいはい。ツンデレはみんなそう言うの」

ぷんすか怒っているユノを宥めながら、俺が立ち止まっていることに気づかずに一人先に歩いてしまっている月宮へと声を掛ける。

「なあ月宮！　少しこの店に寄らないか！」

「っ！　ちょっと！　なに勝手なことしてんのよ！」

今しがたラブコメの神様（妹）が見ていたお店を指さすと、ユノが吠えてきた。

「まあまあ。ツンデレさんは黙って俺に任せておけって」

「だから、ツンデレてないって言ってるでしょ！」

その後もユノは色々と吠えてきたが、とりあえず全部スルーして戻ってきた月宮と話し合った結果、レディース服のお店に入ることになった。

その時、ユノはちょっと怒っていたけど、口元は微かに緩んでいた気がした。

「か、可愛いわぁ……」

恍惚とした表情を浮かべながらそう零しているのは、ユノだ。彼女の視線の先——そこには試着室で服装チェンジをした月宮が立っていた。

というのも、ショップに入店して以降、ユノがどうしても姉の月宮に可愛い服を着て欲しいということで、今に至っている。

ちなみにユノは恥ずかしいからという理由で、自分の代わりとして俺に月宮に可愛い服を着て欲しい旨を伝えるよう頼んできたのだ。

まあ俺は姉妹関係の改善に役立つならば、と渋々それを引き受けたが。

でも月宮に「お前に可愛い服を着て欲しい」と言った時は、さすがにハズかったな。

そもそも異性にそんなこと言った経験もなければ、異性とレディース服のお店にも来たことがないし。言われた月宮の方も赤面して「ゆ、優吾がそう言うなら……」とか言ってたし。ハズかったに違いない。

「姉さん、可愛すぎるわ……」

傍らで相変わらずユノは姉を見ながらうっとりとしている。そんな彼女の声は俺の後ろに隠れているから月宮(つきみや)に届いていないだろうが。

「ど、どうだ？　優吾(ゆうご)よ」

一方、そう訊(たず)ねてくる月宮は最新の春コーデに身を包まれていた。

服をチョイスしたユノ曰(いわ)く、大人可愛(かわい)いを意識してるとか何とか。

まあファッションに大して興味がない俺にはさっぱりわからないのだが。

なんて思っていると、不意に脛(すね)に衝撃。めっちゃ痛い。

「ちょっと、姉さんの質問に答えなさいよ」

隣からそんなユノの声が耳に届く。いや、だからと言って脛にキックは必要ないだろ。

「ゆ、優吾。我は可愛くないか？」

月宮から悲しげなトーンで問われた。あぁ、いかん。せっかく月宮姉妹が良い感じになりかけているというのにこんなことで空気を壊すわけにはいけない。

「そうだな。すごく可愛いと思うぞ」

「っ！　そ、そうか……」

感想を述べると、月宮の顔がみるみる赤くなっていく。そこまで照れられると、こっちまで恥ずかしくなるんだが。

「あんた。なに姉さんとイチャイチャしてるのよ」

「してないだろ!?」

つーか、今のはお前が促したんじゃないか。ホント何様だよ……あっ、神様か。

「まったく。じゃあ次はこれをお願いするわ」

ぷんぷんしているユノから渡されたのは、次のコーデ。

「いや自分で渡せよ」

「無理に決まってるでしょ」

「決まってねぇよ」

これまで月宮には幾つかのコーデを着てもらっているが、ユノは未だに一回も姉に着て欲しい服を直接渡せていない。常に俺経由だ。

「なあユノ。まだ月宮に着て欲しい服があるなら自分で言った方が良いぞ。でないと今日こうやって姉妹デートをしている意味がない」

もはやこれをデートと言っていいのかもわからないが。だって付き添いのはずの俺が確実に度を超えたサポートをしちゃってるし。

「そ、それはそうかもしれないけど……」

「な？　だから行って来い。ほら」

「で、でも、やっぱり恥ずかしいし……」

「これ以上モジモジするなら、お前ら二人を置いて俺は帰るぞ」

「っ！　それはダメよ！」

「ダメなら早くそれを渡してこい」

ユノが抱えている衣服を指さして言うと、

「うぅ……」

ユノは迷ったような表情で呻く。

結果、ユノは次に着て貰いたいコーデを持ったまま、ちょこちょこと月宮の方へ近寄っていった。

「ね、姉さん。……こ、これを着てくれないかしら？」

試着室の前でユノが頬を紅潮させながら服を差し出す。

「なんだ。ユノも我に着て欲しい服があるのか？」

突然の妹からの申し出に少し驚きつつ、月宮が問うた。

それにユノはこくりと小さく頷くと、

「もちろん良いぞ！」

月宮は屈託のない笑みでそう答えた。

「っ！　ね、姉さん……」

ユノはこれ以上にないくらい嬉しそうな表情を浮かべている。あと少しで涙とか出てしまうんじゃないか。

それから月宮が着替え終えると、ユノは再びうっとりモード。それも自分で手渡したコーデだからか、今日一番のうっとりを披露していた。

だが、月宮姉妹のやり取りはこれだけでは終わらず、

「ではユノよ。我に似合う可愛い服をじゃんじゃん持ってくるのだ！」

「う、うん！　わかったわ！」

それからはコーディネーター――ユノ、モデル――月宮によるファッションショーが開催された。

そして数十分後。姉とのファッションショーでテンションの上がったユノが月宮のために服を買いたいと言ったのだが……。

「足りないわ……」

レジの前。ユノは自身の財布の中身を見て呟いた。

どうやら服の代金を持ち合わせていなかったようだ。

「ふふっ、安心するがよいユノ。ここは姉の我が支払おう」

そう言って月宮も自身の財布の中身を見る……が、直後に彼女もユノと同じような表情へと変わった。……こいつも金を持ってないのか。

「……はぁ、仕方ないな。じゃあ俺がこの場だけ払ってやる」

「ほ、ホントかしら！」

俺がため息混じりに言うと、ユノが嬉々とした声を上げた。

「いや、そういうわけにはいかないだろう。我とユノが買いたいものを優吾に支払ってもらうなど……」

「この場だけって言ったろ？　あとでお前の妹から返してもらうから安心しろ」

そう言って視線をユノに送る。

「わ、わかったわ」

「ってことで決まりだな」

一時的に服の代金を俺が貸すことに決まったが、月宮はまだ納得していない様子だ。

「ほ、本当に良いのだろうか？」

「あぁ、別にいいよ」

だって、これでもし月宮姉妹の関係が改善されるきっかけになったら、ユノは俺の告白の手伝いをしてくれる約束だし。

「そ、それはつまり優吾が我の服を買いたいということか？」

「？　まあそういうことになるな……」

「っ！」

急に顔を真っ赤にしだした月宮。どしたの、この子。

「で、ではお願いする」

「お、おう」

こうして俺は月宮の服を買うことになったのだった。

ちなみに購入した直後、月宮が買った服を眺めながら「明日学校にでも着て行こうかな」と呟いていたので、それだけはやめろと言っておいた。

嬉しがってくれるのは有り難いが、トラブルが起こりそうなことをするのはやめような。


レディース服のお店を出たあと。ちょうど正午を回ったところで俺たちは昼食を摂ることになった。個人的には食べられれば場所はどこでも良かったが、月宮がお洒落な喫茶店を見かけた瞬間、ものすごく入りたそうな顔をしていたので、そこに決まった。

ユノにも「姉さんが食べたいものを食べさせるべきよ！」と甘々な意見を頂戴したしな。

「そういや、お前らって何歳なんだ？」

四人用の席に腰を下ろし三人が各々注文を済ませた後、隣に座っているユノと前に座っている月宮に訊ねた。

ちなみに俺はサンドイッチ、月宮とユノはこの店一番人気のパンケーキを頼んだ。

「我は十六歳だぞ」「あたしは十五歳よ」

月宮姉妹は各々答える。

「なんだ。普通の高校生と同じなのか」

「当たり前でしょ」

「いやだって、神様っていうからてっきり一万歳くらいなのかと」

「っ！　あんたね……」

ユノは睨みつけながら、テーブルの下でドスドスッと脛や膝を蹴ってくる。

地味に痛いからやめてほしい。

「むむっ、ユノと優吾はやはり仲が良いのだな」

不意に前から月宮が疑わしげな目でこちらを見据えてきた。

「ち、違うわ姉さん。その……こいつとは……ごにょごにょ」

否定しようとするも言葉が続かないユノ。いやどうして最後に恥ずかしがる。変なところで終わらせるなよ。

「っ！　もしや優吾はユノと……っ！」

ほら、なにか勘違いしちゃってるじゃん。

「あ、あたし、ちょっとお花を摘みに行ってくるわ！」

そう告げて、ユノは席を立つとスタスタとこの場から離れて行ってしまった。

あいつ逃げやがったな。

「優吾よ、どういうことだ？　ユノと付き合っているのか？」

「そんなわけないだろ。どこをどう見たらそうなるんだよ」

「で、でも……ユノのことを名前で呼んでいるし」

「それはお前と呼び方が被るからだ」

プラス、初めて会った時にユノが呼び方を指定してきたってのもあるけど、言ったらややこしくなりそうなので黙っておこう。

「で、でもぉ……」

「そもそも俺は天真が好きなんだよ。お前も知ってるだろ？」

まだ食い下がる月宮に呆れていると、なぜか彼女は俺の隣へと移動してきた。

「おい、なぜこっちに来る」

「よ、良いではないか。好きな人と近づきたいと思うのは当然のことだろう？」

月宮はド直球に好意を投げ込んでくる。そんな彼女の頰は少し赤い。

「べ、別に優吾があの天真とかいう女のことを好きと言ったことに嫉妬したわけではないからな！」

捲し立てるように言う月宮。恥ずかしいのか顔もどんどん赤くなっていく。

「あのな、そこはユノの席だぞ」

「であれば、代わって貰えば済む話だ」

いやそれは無理だと思う。だって、ユノは月宮が隣だと「恥ずかしくてムリ！」で、俺と月宮が隣になると「イチャイチャするのがムカつく！」ということで、さっきの席の配置になったんだから。

「……まあいい。ユノがいないときにお前に聞きたいこともあったしな」

「聞きたいこと？　もしや我のタイプか？　それは優吾だ！」

「いやいや全然違うから」

自信を持って断言する月宮に、俺は冷静にツッコミを入れる。……が、いま一瞬、心臓音がやけにうるさくなったのはなぜでしょうか。

「では、なんなのだ？」

予想が外れてしょぼくれながら、月宮が訊いてきた。

「月宮はユノのことをどう思ってる？」

ユノは月宮のことを恋愛的に好いている。じゃあ月宮はどうなんだろうか。

はっきりとした理由はないが、今日、月宮とユノが話している姿とかを見て何となくそれが気になっていた。

「ユノか？　もちろん可愛い妹だと思っているぞ。今はなかなかあっちからは話しかけてくれなくなってしまったがな」

月宮が最後の方を苦笑しながら答えると、俺は「そうか」と知っている事に相槌を打つ。

「ゆえに先日ユノから人の恋愛の手助けをしに一緒にショッピングモールへ行こう、と言われた時は正直驚いた。妹と出かけるのは一年ぶりくらいだったのでな」

優しい表情で語る月宮。これは今までに見たことがない表情だな。

「ユノに誘われた時は、嬉しかったか？」

俺の質問に、月宮は「当然だ」と大きく頷く。

「妹から一緒に何かをやろうと言われて嫌がる姉などいない」

月宮がキッパリと言い切った瞬間、何かが俺の中で腑に落ちた気がした。

今までは月宮姉妹は妹が一方的に重度のシスコンだと思っていた。だから姉妹関係もあまり上手く行かないんだと。でもこれは……ん？

暫し思考していると、腕に妙な違和感。何か柔らかくて、温かい感じが……っ！

「っておい！　なにしてんだよ！」

叫んだ先――月宮は俺の腕に抱きつくようにがっちりとホールドしてた。そのせいで俺の腕にはモロに柔らかい二つのマシュマロが当たってしまっているわけで……。

「どうしたのだ？　優吾」

平然としているようでゆでこのように顔を真っ赤にしている月宮。そんなに恥ずかしいなら最初からやるんじゃない。

「どうしたじゃないだろ。つーか、お前がどうしたんだよ」

「べ、別に我はどうもしていないぞ。優吾がぼーっとし出した隙に我の身体でメロメロにさせてしまおうとかなんて微塵も考えていないぞ！」

魂胆をペラペラと喋っちゃう月宮。こいつが『別に』と言い出したら全部あべこべだな。

そう思っていると、不意に背後から妙な視線を感じた。

なんとなく嫌な予感がして恐る恐る振り返ると、そこには席の傍らでとてつもない怒気を発しているユノの姿があった。

「あんたねぇ……」

そして怒り心頭で戻ってきたユノは即行で俺の隣に来ると、食事が終わるまでの間軽蔑した目でずっと俺の膝やら脛やらを蹴り続けた。

今後、月宮姉妹と喫茶店に入るのは控えよう。そう思った俺だった。


昼食も食べ終わり恋愛の手助けを再開するか、それともそろそろ帰るかで迷っていたところ。

「ユノよ。あれを一緒にやらないか？」

唐突に月宮が言った。彼女が示していたのは、通りすがったゲームセンター内に設置されているプリクラ機だ。入口付近に置かれているので、外からでもよく見える。

「えっ、ど、どうして？」

突然の姉からのお誘いに戸惑うユノ。

「久しぶりにこうして出かけたのだ。せっかくだから記念にと思ったのだが……嫌か？」

「そ、そんなことないわ！　あたしも、その……姉さんとプリクラ撮りたい」

「そうか！」

ユノの言葉を聞いて、月宮は嬉しそうな表情を見せる。

なんか良い雰囲気になってきたな。ここは姉妹水入らずにするのが得策なのでは。

「そういうことなら二人で撮ってきていいぞ。俺はそこらへんをぶらぶらしてくるから」

そう告げて適当に歩き出そうとすると、

「ちょ、ちょっと待ちなさい！」

ユノに呼び止められた。

「ん？　なんだよ」

「そ、その……あんたも来なさい」

「……は？」

何言ってんだ、こいつ。

もしや姉妹二人きりにしてあげようとしている俺の心遣いに気づいていないのか？

なんて思っていると、ユノが少し怒った顔でこちらへと近づいてきた。

「ねぇあんた、あたしと姉さんを二人にしようとしなくていいから」

月宮には聞こえないよう、ユノは小声で話してくる。

「なんだ気づいてるじゃないか。でも、どうしてだ？」

「緊張しちゃうからに決まってるでしょ。昨日の電話でも言ったじゃない」

「それは覚えているが、まだそんなこと言うのか。個人的には二人きりになった方が姉妹の距離をぐっと縮められそうな気がするけどな」

「そ、そうかもしれないけど……とにかく付いてきなさいよ！」

脛を思いっきり蹴られた。めちゃくちゃ痛い。

「わ、わかったよ。付いていけばいいんだろ？」

「そうよ。最初からそう言えばいいのよ」

そう返すと、ユノはぷんすかしながら月宮の下へと向かう。

「姉さん。あいつもあたしたちと一緒に来るって」

「本当か！　では優吾も我と一緒にプリクラを撮ろう」

月宮が蒼い瞳を輝かせながら言ってきた。

「俺はいいよ。プリクラとか興味ないし」

そう答えると月宮は「そうか……」としゅんとなって、ユノからは軽く睨まれた。

これもユノに気を遣っての言動だったが、どうやらまた裏目に出てしまったようだ。

それから三人でゲームセンターへ移動すると、月宮姉妹はプリクラ機の中へ、俺はその傍らで二人が撮影し終わるのを待つことにした。

「ね、姉さん、肌の白さは？」「では、色白にしよう」「じゃ、じゃあ目の大きさは？」「一番大きいものが良いな」「フレームは……」「これにしよう！」

神様二人がプリクラ機に入った直後。外で待機していると、色々と設定を決めているのかそんな会話が耳に入ってきた。

ユノは声は緊張しているが、月宮と比較的スムーズに話せている。

ラブコメの神様（妹）もこの短期間で成長したな。午前中だったら「べ、別に撮らなくてもいいわ……」とか言って、きっと断ってるだろう。

こう思うと、やはり天真の言葉は正しかったんだな。デートを一回しただけで、月宮姉妹の関係がだいぶ改善されたように感じる。少なくとも朝と今とでは大違いだ。

「おっ、もう始まったみたいだな」

プリクラ機の中から『じゃあ撮影しちゃうよ～』というセリフが女性の声で聞こえてきた。

よくよく考えたら、プリクラの声って誰がやってるんだろうな。声優さんとかだろうか。

「ご、ごめんなさい！」

呑気なことを考えていたら、不意にプリクラの中から大きな声。たぶんユノだ。

　何事かと思いプリクラ機の中を覗こうとすると、突然カーテンが開いて声の主のユノが現れた。

「っ！　おい、ちょっと待て！」

　ユノは無言で俺の横を通り過ぎようとしたが、それを俺は彼女の腕を掴んで引き止めた。

「ユノ！」

　次いで月宮が慌てた様子でプリクラ機から出てくると、すぐに俺が確保しているユノを確認した。

「良かった……」

　月宮はほっと胸をなで下ろす。事態を全く把握していない俺には何が何やら。

「一体何があったんだ？」

「それが我にもわからないのだ。プリクラ機で『恋人モード』というのをやっていたのだが、その最中ユノが突然出て行ってしまって……」

　おうふ。そりゃダメだろ。

　恋人モードってたしかカップルがやる体を密着させて撮るやつだろ？

　大好きな月宮と体なんてくっつけたら顔から火が出るどころじゃ済まないぞ。

「なんで『恋人モード』なんかやったんだ？　お前ら姉妹だろ？」

「それはそうだが、背景が可愛かったので選んでみたのだ。も、もしや我が悪かったのか？」

急にあわあわとしだす月宮。

いや、別に月宮は悪くないんだけど……どう説明したらいいやら。

「姉さんは悪くないわ……」

現状の改善策を見つけ出せずにいると、後ろからユノが言った。

もう逃げるつもりはなさそうだな。

そう思い、俺は彼女の腕から手を離す。

「姉さんは悪くない。ただあたしが……」

そこで言葉は止まった。

「ユノ。お前は我のことを嫌っているのか？」

唐突に月宮は悲しげな面持ちで自身の妹に問うた。

「っ！　ち、違うわ……あ、あたしは、姉さんのことを嫌ってなんか……」

「無理はしなくても良い。昨年あたりからお前に避けられているのは何となくわかっていたのでな」

この発言にユノは目を見開いた。正直、俺も驚いた。

学校で月宮姉妹の現状を聞いた時、ユノは月宮とは一方的に気まずい関係になっていると言っていたが、どうやら姉の方もそういった空気にはそれなりに気付いていたらしい。

「ユノ、我はお前が好きだ。これは間違いない。だがもしお前が我のことを嫌っているのならハッキリ言ってくれて構わないのだぞ」

寂しげな表情で月宮は言葉を放った。

違う。月宮は勘違いをしている。プリクラを一緒に撮った時に思わず逃げてしまったのは、ユノが好きな人と密室空間にいるのが耐えられなくなったから。

それなのに、月宮は妹に拒絶されたと思っているんだ。

「ね、姉さん……あ、あたしは……」

その先の言葉は紡がれることはなく、ユノは顔を俯(うつむ)かせてしまった。

ここでまたユノが月宮の言葉を否定しても、おそらく月宮はそれを信じないだろう。事態は変わらない。

もしこのまま姉妹デートが終わってしまえば、月宮姉妹の関係は改善どころか多分これまで以上に悪化することになる。それは最悪のパターンだ。

だが、今の状況を好転させられる方法が全くないわけではない。

たった一つだけ。この場を収めて、尚且(なおか)つ月宮姉妹の関係を改善する手段がある。

だが、それをするにはまずユノを説得しなければならないが……しょうがない。

ここは姉妹関係を改善すると約束した俺が一肌脱ぐしかないだろう。

「ユノ、お前もう本当のことを話せ」

「えっ……」

驚いたのか、ユノは顔を上げた。涙のせいで、翠色の瞳は少し赤くなっている。

「聞こえなかったか？　お前の気持ち、全部月宮にぶつけるんだよ」

「そ、そんな……そんなの嫌よ！」

ぶんぶんと左右に首を振るユノ。

「どうしてだ？　なんでそんなに嫌なんだ」

「だ、だってそれは……」

妹が姉を好きなのはおかしなことだから。フツーじゃないから。恥ずかしいことだから。

理由を挙げたら色々あるだろう。

いかに神様だろうが、彼女も女の子。

実の姉に恋することがイケないことくらい理解している。

でも、それがどうした。

「いいかユノ。お前の姉は妹がどんなやつであろうと、絶対に嫌いになったりしない！」

「そ、そんなことわからないじゃない！」

「いや、わかる！」

今日一日、俺はずっと月宮とユノを見てきた。

その結果、一つだけわかったことがある。

それは月宮アテナが妹想いの優しい女の子だってことだ。だから、月宮はどんなことがあっても実の妹を嫌いになったりはしない。

「だからユノ。今から月宮にお前の本当の気持ちを全部伝えるんだ」

「む、無理よ！　絶対無理！」

ユノは頑なに拒む。

まだ話す気にはなれないか。このままだと本当に月宮姉妹の関係が取り返しのつかないものになってしまう。

それも互いの気持ちを勘違いしたままで。そんなのは……やっぱダメだろ。

なにかもっと彼女の気持ちを強引に動かせる方法があれば良いんだが……！

ふと良い案を思いついた。でもこれをやってしまうと俺の人としての価値が下がってしまう危険性が……ええい、もうどうにでもなれ。

「月宮、ちょっと来い」

「ひゃっ⁉」

月宮へと近寄ると、俺は彼女の肩を無理矢理抱き寄せる。

それもユノに見せつけるように。

「っ！　ちょ、ちょっとあんたなにやって……」

「ほ、ほほ、本当だぞ⁉　こ、こんな状況に⁉　い、妹の前でなんて⁉」

そんなセリフを言いつつ姉妹二人して赤面している。

「いいかユノ。もし今ここでお前が自分の気持ちを明かさなかったら、俺がお前の姉を貰う。そしてこの場でこの大きな胸を揉みしだくぞ。それでもいいのか？」

「っ！」

月宮のたわわな部分を指さしながら言うと、ユノは悔しげに唇を噛む。

それも当然。

好きな人が自分の目の前でいいように扱われてたら誰だって怒るに決まってる。

「さあユノ、どうする？」

俺は再度問う。

すると、ユノはキュッと口元を引き締めて、何かを決心したかのように立ち上がった。

「姉さん……」

自身の姉の前へと足を移動すると、ユノは少し震えた声を出す。

直後、俺は月宮から離れた。

どうやら妹を焚きつけることには成功したみたいだ。

「ユノ……」

妹の表情を見て、月宮も少しばかり緊張している。

その後、大きく深呼吸をしたのち、ユノが言った。

「姉さん聞いて。あたしはね、姉さんが好きなの」

突然の言葉に、月宮は目を見開く。嫌われていると思っていた妹に好きだと言われたら、そりゃ吃驚するわな。

でも、まだこれで終わりじゃない。むしろ、本番はここから。

「でもね、あたしの好きはフツーじゃない好きなの。その……姉さんに恋しちゃってるのよ！」

顔を真っ赤にしながら叫んだ。

故に、月宮には妹の言葉がどういった意味なのかがハッキリ伝わったはず。

「ゆ、ユノ……そ、それって……」

「姉さん、お願い。姉を本気で好きになっちゃうあたしのことを嫌いにならないで。お願い姉さん」

瞳に涙を溜めながら、懇願するように伝える。

そんな彼女に、月宮は一瞬驚いた表情を見せるが、すぐに温かな微笑みへと変わった。

「安心するのだユノ。我はどんなユノでもユノのことを嫌いになったりなどしない」

「ほ、本当？」

まだ不安なのか、ユノはもう一度問う。

「あぁ。なんてったってユノは我の大切な妹だからな！」

月宮はニコッと笑う。

するとユノの瞳からは一滴の雫が零れ落ちた。

「ね、姉さん……」

妹の様子を察したのか、月宮は大きく腕を広げる。その後、ユノは思いっきり姉の胸に飛び込んだ。

「ね、ねえしゃん……グスン……ねえしゃぁん……」

豊満な姉の胸の中で、泣きじゃくる妹。

「よしよし。辛かったな」

そんな妹の頭をナデナデする姉。

まあこれにて一件落着といったところか。良かったな、ユノ。

それからユノと月宮はもう一度プリクラを撮りなおした。

モードはもちろん『恋人モード』だった。


『ついにあたしは姉さんと結ばれたわ』

姉妹デートをした日の夜。時間も遅いので自室でそろそろ寝ようかと思っていたところ。

不意に鳴り出したスマホに出たら初っ端からこれを言われた。声の主はもちろんユノだ。

「いや、別に結ばれてはないと思うけどな」

『なに言ってるのよ。姉さんはあたしが姉さんを愛していても嫌いにならないって言ってたじゃない。それはあたしを好きになったも同然よ』

「あっそ。もうそれでいいんじゃない」

『ちょっとテキトーに反応しないでよ』

　ユノが電話越しに怒る。

　……ったく、面倒くさいやつだな。

「つーか、俺に怒らないんだな」

『は？　なんであんたを怒らなくちゃいけないのよ』

「そりゃだって、シスコンの妹の前で姉を貰うとか言っちまったからな。あとその……胸を揉むとか言っちまったし」

　ちなみに姉貰う発言と胸揉む発言については月宮に後できちんと「あれは嘘なんだ」と明かし、本気で謝罪した。その時、月宮からは「優吾に貰って欲しかった」とめっちゃ落ち込まれてさすがに罪悪感を抱いた。

『たしかに姉さんにあんな下劣なことを言ったのは重罪ね。処刑ものだわ』

「うぅ……」

『でもあたしはあの時あんたがどんなことを考えていたかわかっていたの。その上で姉さんに自分の気持ちを話したのよ』

「……と言いますと？」

『その……あんたがあたしのためにやってくれたことくらいわかってたってことよ』

ツンデレなトーンで告げられた。

まじかよ。俺の考え筒抜けだったのか。それはそれで超恥ずかしいんですけど。

「そ、そうだ。家に帰ってからはどうだ？　月宮と仲良くしてるか？」

『えぇ。姉さんとは楽しくお喋りできてるわ。どう？　良いでしょ？』

ご機嫌そうな声で言ってくるユノ。良かった。どうやら自宅でも月宮姉妹は仲良くしているようだ。これで本当に月宮姉妹の関係は改善されたな。

『その……ありがとね』

ぽつりとユノが呟いた。これに「なにが？」なんて聞くのはさすがに野暮だろう。

「言っておくが特に礼を言われるようなことはしてないぞ。なんせお前にはこれから俺の告白を手伝ってもらうんだからな」

そう。俺が月宮姉妹の関係を改善する代わりに、ユノは俺の告白を手伝う。

これが俺とユノの協力関係の内容だ。

『っ！　そ、そうだった！　忘れてたわ！　じゃ、じゃあ今のありがとは取り消しね！』

いや取り消さなくてもいいだろ。俺、泣いちゃうぞ。

『それであたしに告白の手伝いしろって具体的には何をすればいいのよ？　ま、まさかエッチなことじゃないでしょうね？』

「違うわ！　告白の手伝いと聞いてどうしてそうなるんだよ」

『だ、だって、今日は喫茶店で姉さんと変なことをしようとしてたじゃない……』

「まだその件を引きずってるのか。あれは俺の責任じゃない。あいつから抱きついて来たんだ」

『さあどうだか。あんたが俺の腕におっぱい押し付けろよ、とか命令したんじゃないの？』

「そんなことするわけないだろ。どんなプレイだよ。……あのなぁ、そういうことばっかり言ってくるんだったら、もう切るぞ」

『っ！　ちょ、ちょっと待ちなさいよ！　……そ、そう！　結局、告白の手伝いの全容をまだ聞いてないんだけど！』

　ユノに言われて思い出した。

　なんかこいつと話していると、会話の効率が悪くなる気がするな。

「正直、別に大したことじゃない。お前にやってもらいたいことはただ一つだ」

　それから俺はユノにやって貰（もら）いたい事を告げた。

『えっ？　本当にそんなことで良いの？』

「あぁそうだ。大したことじゃないだろ？」

『そうね。ちょっと拍子抜けだわ』

よし。これでユノが俺の言ったことをしっかり実行してくれたら、俺の告白は確実に届けられるはず。成功するかはわからないが……。

「じゃあ用件も済んだし、もう切っていいな」

『っ！　だから待ちなさいよ！　早いわよ！』

「早いってなんだよ。まだ俺に何か言いたいことでもあるのか？」

そう訊ねると、向こうからふぅ、と息を吐く音が聞こえてきた。なぜに深呼吸？

とか疑問を抱いていると、ユノから質問を投げられた。

『あんた、名前は？』

「は？　桐島だが」

つーか、知ってるだろ。

『そっちじゃないわよ。下の名前の方よ』

「下の名前？　ってお前初めて会ったときに自分で言ってなかったっけ？」

『忘れたのよ。いいから早く教えなさい』

忘れたって、神様とはいえ人の名前を忘れないでくれよ。

「優吾だ。これでいいか？」

そう伝えると、ユノは『ふーん』とやや間を空けてから、

『じゃ、じゃあおやすみ。優吾』

少し恥ずかしそうな声でそう言って、通話を切った。

直後、俺の鼓動は明らかに速くなっていく。

……くそう。まさかシスコンにキュンとさせられるなんて。不覚だ。

休み明け最初の登校日。午前の授業を何事もなく終えて昼休みを迎えると、俺は燦々と照りつける太陽の下、一人校舎裏である女性を待っていた。

「優吾くん」

不意に名前を呼ばれて振り返ると、そこにはポニーテールの美少女がいた。天真だ。

「よ、よう」

「うん。それでこんなところに呼び出してどうしたのかな?」

少し楽しそうな笑みを浮かべながら天真は訊ねてきた。

「そ、その……実は天真に渡したいものがあってだな」

「渡したいもの?」

それに俺は首肯する。

今日、天真を呼び出したのは当然告白をするためだ。

「……ふぅ」

気持ちを落ち着かせるため、一つ大きな深呼吸をする。

それから念のため目だけ動かして可能な限り周りを見る。……よし。誰もいないな。

　俺はこれまで天真に十七回ほど告白してきた。

　しかし、その全てが月宮の力によって阻まれてきた。

　もし今から天真に想いを伝えようとしても、普段通りならば月宮に邪魔されて終いだ。

　だが、今回は違う。たとえどんなことがあっても俺の告白が阻まれることはないと断言できる。なぜなら、今回は俺の告白をサポートしてくれる『協力者』がいるからだ。

　その『協力者』とは、もちろん月宮の妹――ユノである。

　本日の昼休み。ユノにはうちの教室に来てもらい適当な理由で月宮を連れ出して貰った。

　こうすることで一時的に月宮は妹に拘束され、その隙に俺が告白をすると一切邪魔されることなく無事天真へと想いが届くという寸法だ（成功するかはまた別の話だが……）。

　自分で言うのもあれだけど、我ながら完璧な作戦だな。

　ちなみに、今日の昼休みに月宮を教室から連れ出して貰うことこそが、俺が月宮姉妹の関係改善に協力した代わりに頼んだことだ。

　ゆえに先日の夜、俺の頼みを聞いた際にユノが拍子抜けと答えたのはそのためである。

「て、天真。これ」

　緊張で震えた声で言ったあと、俺が差し出したのは封をされた一通の手紙。

「えっと、これって……」

「よ、読んでみてくれるか？」

若干戸惑っている天真に、俺は頼んだ。

「わ、わかった」

そう返して、天真は手紙を受け取る。その顔は少し赤くなっている気がした。

俺がいま手渡した物。言うまでもなく、天真へのラブレター。

今回は気分を変えて直接告白するんじゃなくてラブレターにしてみた次第だ。

「じゃ、じゃあ開けるね」

「お、おう」

それから天真はラブレターの封を剥がす。

それと同時にもう一度周りを見渡したが、月宮の姿はどこにも見られない。

どうやら今回は無事俺の気持ちを天真に伝えられそうだ。

ようやくこの日が来たか。思えば長かったな。告白をしようとしては自分の身体がテレポートしたり、空からパンツの雨が降ったり、天真のことをおっぱいと言ってしまったり。

だがそんな失敗を繰り返して、今日やっと俺は天真に想いを告げられるのだ。

そう思い天真に視線を戻すと、彼女はまだ封を開けられずにいた。

「ご、ごめんね。なんかよくわからないんだけど、緊張しちゃって」

俺を気遣ってか、天真は申し訳なさそうな笑みを浮かべて言う。

「気にするな。俺も少し強く封をしすぎたかもしれない」

「う、うん」

そんなやり取りを終えたあと、天真は再び封を剥がそうとする。

が、その時突如として足元からつむじ風のような気流が発生した。

その威力は初めこそ弱かったものの、時間が経つにつれて見る見るうちに強くなってい
き――っ！

「きゃっ！」

天真が声を上げた瞬間、強風によりラブレターは飛んでいき、更には制服のスカートが
ぺらりとめくられた。

その先にあったのは、フリル付きでキュートなパンツ。

天真にぴったりの下着だ。可愛すぎて油断すると鼻血が出ちまいそう。

という具合に興奮していると、急に風が収まった。

直後には二人の間に只々気まずい空気が漂う。

「……見た？」

天真はスカートを抑えて顔を真っ赤にしながら訊ねてくる。上目遣いの瞳には少々涙が
溜まっていた。たぶんこういう時に言っちゃダメなセリフなんだろうが、可愛すぎる。

「え、えっと……ミテナイゾ」

なんて考えていたからだろうか、いつかの神様（妹）のように片言になってしまった。

「っ！」

刹那、俺の嘘を察してしまったのだろう。

天真は更に赤面すると、涙を必死に堪えながら、

「ゆ、優吾くんのえっち！」

そんな言葉と共に足早にこの場を去ってしまった。

「……はは。まじかよ」

一人残された俺は苦笑いするしかなかった。

まさかの告白失敗。しかも天真のパンツを見てしまうなんて。最悪にもほどがある。

……まあちょっと嬉しかったけど。

「いやそれよりも……」

屋上に突如として吹いた突風。……まあ誰の仕業かは考えるまでもなくわかるのだが。

「優吾よ、今回も告白は上手くいかなかったな」

どこからともなく聞こえる声……いやまじでどこだ？

「上だぞ」

そう言われて真上を見上げると、そこにはなんと背中から真っ白な翼を生やした月宮が
ゆっくりとこちらへ降りてきていた。

しかも頭の上にはなぜか天使の輪っぽい光る輪っかがぷかぷかと浮いている。

「よいしょっと」

月宮はそんな言葉を発しながら地面に着地する。

「なあ月宮、色々と訊きたいことがあるんだが……まずその格好はなんだ」

両翼と光る輪を指さしながら訊ねた。

「これか？　これは我の本来の姿だ」

「本来の姿って……」

「ラブコメの神様は皆生まれつきこのような姿だということだ。日頃、教室にいる我は人間の世界に馴染めるようこの姿を隠している」

「そ、そうなのか……とりあえずそんな姿誰かに見られたらマズいから、消せるなら翼と輪っかは消してくれ」

「う、うむ。わかった」

月宮がそう返すと、翼と光る輪は俄かに消えた。

「お前、ユノと昼食をとっていたんじゃないのか？」

「あぁそうだぞ。屋上でユノと共にお昼ご飯を食べていた」

「なら、どうして俺がここで告白するってわかったんだよ」

そう。今回の告白はユノが月宮を教室から連れ出して、その隙に俺が天真を呼び告白するというプランだった。

だから月宮は俺が告白することはおろか、俺がどこにいるのかすらわからなかったはず。

それなのに、どうして月宮は俺が昼休みに校舎裏で告白することがわかったんだ？

「それはだな、我が優吾（ゆうご）の位置を常に把握できているからだ」

「俺の位置？」

「そうだ。しかも優吾だけではないぞ。天真という女の位置も常時わかる」

「……それってつまり、月宮には昼休みに俺と天真が校舎裏にいることがバレていたってことかよ」

俺の問いに、月宮は「うむ」と大きく頷（うなず）いた。

「ラブコメの神様は同じ人間の恋愛を連日集中してサポートできるように、一度でも面識のある全ての人間の居場所をいつでも把握することができるのだ」

「なんだよそれ……」

ステッキ以外にまだ変な力を持ってんのかよ。

人間の位置を全て把握か。だから月宮には今回の告白がバレたわけだ。

昼休みの校舎裏に俺と天真がいるのがわかったら、そりゃおかしいと思うもんな。

「お前が今の告白を邪魔できた理由はわかった。だがあと一つだけ訊きたいことがある」

「なんでも聞いてよいぞ。優吾が聞きたいならば、それがたとえエッチなことでも我は喜んで答えよう」

「なんで今の話の流れで俺がエッチなことを訊くと思うんだ」

あと顔を真っ赤にするくらいならそういうこと言わなくていいから。

「お前が俺の告白を邪魔しに行こうとした時、ユノはどういう反応をしていたんだ？」

「ユノか？　ユノは特に何も言ってこなかったぞ」

……あいつ、どうして止めないんだよ。これは緊急招集だな。

「ゆ、優吾。その、もしよかったらこれから我とユノと三人で昼食を一緒にとらないか？」

なんて思っていると、顔を赤らめた月宮からそんなお誘いが来た。

こいつ、たったいま俺の告白を妨害したばかりなのによくこんなこと言えるな。

「そんなことよりもお前、口元にソースが付いてるぞ」

月宮の唇を指さしながら言った。

たぶん俺の告白を止めるために急いでここまで来たのだろう。最初から気づいてはいたけど、翼とか天使の輪とかの話を聞くのを優先して指摘するのを後回しにしていた。

「っ！　な、なに!?」

月宮は慌てた様子で口元をわちゃわちゃとしだした。少しスカッとした瞬間だった。

「おい、これはどういうことだ？」

妹と二人きりで話したいことがあると言って月宮にこの場から去ってもらい（なかなかに抵抗されたが……）、メールを使ってとユノを校舎裏へと呼び出すと、現れた彼女にすぐさま問い質した。内容は言うまでもなく、先ほど月宮と話した一件だ。

「どういうことってなによ」

「俺はラブコメの神様が人間の位置を把握できるなんて知らなかったんだが」

「そんなの知らないわよ。あたしはあんたが知らないことを知らなかったもの」

「それはそうかもしれないがな……」

ったく、まあいい。この件はそこまで重要じゃない。問題は次だ。

「あとお前、月宮が俺の告白を邪魔しに行こうとした時止めようとしなかったらしいな」

「なによ、別にいいじゃない」

「良くないだろ。止めてくれよ」

目の前で俺の告白を邪魔しようとしている者がいて、なぜ止めようとしないんだ。

こいつは本当に俺の告白の協力者なのか？

「だって、あたしは昼休みに姉さんを教室から連れ出してとしか頼まれてないもの」

「だとしてもそこは臨機応変に対応してくれたっていいだろ」

「そんなの嫌よ」

一蹴された。なんか段々腹が立ってきたな。

「あのな、俺はユノに告白を協力してもらうためにお前ら姉妹の関係改善を手伝ったんだぞ。ちょっとくらい助けてくれたっていいじゃないか」

「そ、それはそうかもしれないけど……」

そこでユノは言葉に詰まった。どうしたんだこいつ……っ！

「もしかしてお前、俺の告白を成功させたくないのか？」

「っ！　ど、どうしてそう思うのよ」

「だってお前、あんまり俺の告白に協力的じゃないみたいだし……」

そう言うと、ユノは諦めたように溜息を吐いた。

「ええそうよ。あたしは優吾の告白が上手くいって欲しくないの」

「それはつまり、ユノは俺のことが好きになったってことか？」

「ちっがうわよ！」

思いっきり否定された。ちょっと傷つく。

「あたしはね、大好きな姉さんが悲しむ顔を見たくないのよ。だからあんたの告白が上手く行くのは嫌なのよ」

なるほど。これで合点がいった。結局、ユノはどこまでいってもシスコンってことか。

「とにかく、あたしはもう優吾の告白の協力はしないから。ちゃんと言うことも聞いたし」

「そう一方的に言われてもな。せめて神様の力の弱点とか教えてくれよ」

「だからあたしは協力しないって……」

「そこをなんとか。頼むよ」

そう言って頭を下げる。

天真に想いを告げるためならこれくらい余裕だ。なんなら土下座だってしてやる。

「……はぁ、まあいいわ」

そんな俺の誠意が伝わったのか、ユノは渋々了承してくれた。

「本当か！」

「ええ。でもこれっきりよ。もう他の頼みは聞かないから」

「おう、わかった」

それからユノはラブコメの神様の力の弱点について語りだした。

「あたしたちが力を使うにはね、対象を目視しないとダメなの」

「と言いますと？」

「視界に映っていない人間には力を使うことはできないのよ」

「……なるほど」

要するに、絶対に月宮の目の届かない場所で告白しろってことね。

「けど月宮は常に俺の位置を把握できるんだろ。それって無理じゃないか？」

そう訊ねると、ユノは俺から視線を逸らした。どうやら無理みたいです。

「でも俺は諦めるつもりはないけどな」

「そんなに天真とかいう女のことが好きなのね」

「あぁ、お前が月宮のことが好きなくらいにはな」

　そう言うと、ユノは少し驚いたような顔をしたあと口元を緩ませる。

「そう。なら頑張ればいいんじゃない。あたしは手伝わないけどね」

「ひどいなお前」

　互いに軽く笑い合いながらそんな会話をした。

　好きな人がいる同士、もしかしたら俺とユノは相性が良いのかもしれないな。

　なんとなくそう感じた時間だった。


　翌日の朝。いつものように通学路を歩きながら俺は昨日ユノが教えてくれたことも踏まえて、月宮に邪魔されずに告白が出来る手段について考えていた。

　昨晩も帰宅してから自室で思案していたのだが、特に何も思いつかなかった。

「さて、どうしたものか……」

「おはよう優吾」

　一人悩んでいると、不意に後ろから声を掛けられた。

すぐに目を向けると、そこには俺と同じ制服を着た世の大半の女性が惚れてしまいそうな美少年が佇んでいた。だが、俺は知っている。美少年と紹介した後にこう言うのは矛盾しているが、目の前の生徒はれっきとした女の子だ。

「なんだ、千歳か」

「なんだってひどいね。久しぶりのご対面だっていうのに」

そう言って男子用の制服に身を包まれた女子生徒はこちらへと近づいてくる。

彼女の名は湊千歳。一年生の時のクラスメイトにして俺の友人だ。

黒髪のショートヘアーに、美少年とも美少女とも言える中性的な顔立ち。

女子としては身長は高く俺より少し小さいくらい。加えて、モデル並みに細くスレンダーな体形をしていた。

「今日も男子用の制服が良く似合ってるな」

「なにそれ、馬鹿にしてない？」

「いやいやしてないって。今日も俺よりイケメンだぞ」

「ふふっ、それはそうかもね」

「おい、そこは否定しろよ」

そうツッコむと、千歳はクスクスと笑った。

千歳は女子でありながら男子用の制服を着て登校している。

というのも、千歳の父親が男の子が欲しかったということから彼女は幼少期から男のように育てられ、結果千歳は可愛らしい服とかを着るのが恥ずかしくなってしまったらしい。

入学当初、千歳の姿に周りの生徒は驚いたが、中身は極々普通なので入学して数日で何事もなくクラスに溶け込んだ。その最中で俺も千歳と友人になったのだ。

「たまには女子用の制服も着てくればいいのに」

「嫌だね。あんなひらひらしたものを着るくらいなら死んだ方がマシだよ」

「どんだけスカート穿きたくないんだよ」

この学校が校則的に女子が男子用の制服を着用することを許可しているから良いけど、もし女子はスカート指定の高校だったらどうするつもりだったんだ。

「……そういや大会は終わったのか？」

「そうだね。春の分は終わったかな」

千歳はソフトボール部に所属している。そして最近は大会が近かったため練習も朝早くから夜遅くまでやっており俺と関わる機会がほとんどなかったのだ。

「結果はどうだったんだ？　優勝か？」

「残念ながら三回戦負けです」

「二回も勝ってるならすごいじゃないか。俺の告白なんて今のところ試合にすらなってないぞ」

そう言うと、千歳は軽く笑った。彼女は俺が天真に好意を抱いていることを知っている。月宮とユノ以外では俺の好きな人を知っている唯一の人物だ。

「もしかしてまた優吾が告白している最中に変なことが起きたの？」

「まあな」

そして彼女は俺の告白が謎の現象によって邪魔されていることも知っている。まあその謎の現象は全てラブコメの神様の仕業だったわけだが。

「で、今度の告白の時には何が起きたんだい？」

「そうだな。急に突風が吹いて天真のパンツが見えた」

そう返すと、千歳は「あちゃー」と苦笑した。

「でもほんと不思議だね。優吾の告白の時には毎回必ずおかしなことが起こるんでしょ？」

「残念ながらな」

千歳は俺が天真に告白する時に身体がテレポートしたり、空からパンツが降ってきたりする現象のことを一応信じてくれている。

普通の人ならこんな話をしても中二病乙とか返してきそうだが、彼女は違う。

千歳曰く、人が真面目に言っていることはとりあえず信じてみるのがモットーらしい。

彼女のそういう点が俺は好きだ。もちろん友人としてだが。

「じゃあそんな残念な優吾に一つプレゼントをあげようかな」

「俺は自分のことを残念なやつとは言ってないがな」

それから千歳はズボンのポケットから何かを取り出した。

「はいこれ」

彼女が差し出してきたのは二枚の紙。

それには可愛い字体で『アニマルハイランドパーク』と書かれていた。

「なんだこれ」

「遊園地のチケットだよ。なんかね、この前部活帰りにボクの家の近くにある商店街でくじ引いたら四枚も当たったんだよ」

「四枚も!?　そりゃすげぇな！」

「でしょ？　でもボクは四枚もいらないから半分あげるよ。これでも使って今度のゴールデンウィークに陽毬ちゃんをデートに誘ったら？」

「えっ、いいのか？」

「うん。だってボクは優吾の恋を応援しているからね」

なんて良い友達なんだ。感動で泣いちゃいそう。

「……でもな」

もし遊園地に天真と二人でデートに行ったとしよう。そうすると月宮は必ず俺の告白はもちろん、それどころかデート自体を邪魔しに来るはずだ。なんせあいつは俺の居場所を常に把握できるらしいからな。そんなことするのは造作もないだろう。

「なんでそんなに悩んでるのさ」

なんて考えていると、そんな俺を不思議に思ったのか千歳が訊ねてきた。

「いや、これには色々と複雑な事情があってだな……」

「なにそれ。きみは陽毬ちゃんと遊園地に行きたくないのかい？」

「そりゃ行きたいに決まってるだろ」

でも、俺の恋を執拗に邪魔してくる神様のせいでそれどころじゃ……っ！

とここでふと思いついた。月宮の邪魔を防ぎつつ天真に想いを届けられる方法を。

「なあ千歳。頼みがある」

「なんだい？　藪から棒に」

「俺とその遊園地に行ってくれないか？」

言った直後、なぜか千歳の頬が赤く染まりだした。

「きゅ、急になに言ってるのさ。ま、まさか陽毬ちゃんとは上手くいきそうにないからってボクの方を落とそうとしてるのかい？」

「は？　お前の方こそなに言ってるんだよ」

「だ、だって、いまボクと二人で遊園地に行こうって」

「いや二人でとは言ってないだろ。もちろん天真も一緒だ」

「えっ……」

千歳は急に固まった……かと思うと、なぜかジト目を向けてくる。

「なんだよ？」

「べつにぃ。ただ優吾がややこしいことを言うから乙女心が無駄に傷ついただけさ」

「その格好で乙女心とか言われても……ぐふっ」

腹パンされた。さすがソフトボール部。パワー半端ない。

「で、ボクに頼みたいことってなに？」

「あぁ。その俺と天真、それと月宮も入れて四人で遊園地に行きたいんだが」

「四人で？　というか月宮さんってあの転校生の女の子でしょ？」

それに俺は首肯する。

「……なんでそのメンツで行きたいのさ？　陽毬ちゃんと二人で行けばいいじゃん」

「いや、俺も出来たらそうしたいんだけどな。これには深い事情があってだな……」

そう言うと、千歳は目を細めてじーっと見つめてくる。

うう、完全に何かを隠していると疑われている。

「……わかった。その頼みを受けよう」

「いいのか？」

「うん。四人分の遊園地のチケットも全部ボクが出してあげる。どうせ余ってるし。部活の方もゴールデンウィーク中にいくらか休みの日があるしね」

「まじか！」

「でも、その代わり四人で行きたい理由を教えてね」

「えっ……」

千歳が笑顔で放った一言に、俺は言葉を詰まらせた。

理由を教えてと言われても。もし本当に教えるとなるとラブコメの神様のことも言わなければならないが……信じてくれるだろうか。

「優吾。ボクたちは友達になる時にお互い隠し事はしないって約束したでしょ？」

「そんな約束した覚えはないけどな」

しかし、このまま月宮のことを教えないと四人で遊園地に行くことはできない。

……仕方ないな。信じてもらえるかはわからないけど話してみるか。

「実はだな……」

それから俺は千歳の質問に答える前にひとまず月宮がラブコメの神様であること、今まで俺の告白を邪魔してきたのが彼女であることを話した。

「……中二病？」

「お前、人が真面目に言っていることはひとまず信じてみるのがモットーじゃないのか？」

そう返すと、千歳は軽く笑いながら「ごめん、ごめん」と謝ってきた。

「でもさ転校生がらぶこめのかみさま？とかいきなり言われたら誰だってボクみたいな反応になるよ」

「あぁそうかい。ならこんな俺を中二病だと言って笑えばいいさ」

「でもボクは友達の優吾が言うのなら信じるよ。だからそんな不貞腐れないで」

そっぽを向いている俺に、千歳は肩をポンポンと叩く。

「で、改めて聞くけど、どうして遊園地は四人で行かないといけないのかな？」

「それは月宮に邪魔されないように天真に想いを告げるためだ。そのためにはどうしても四人で遊園地に行く必要がある」

「そうなの？」

俺は「あぁ」と大きく頷いた。

「……わかった。じゃあ約束通り四人で遊園地に行こうか」

「ありがとう、わが友よ」

「ふふっ。でも月宮さんや陽毬ちゃんは優吾が誘ってね。陽毬ちゃんは去年クラスメイトだったから幾らか仲は良いけど、月宮さんの場合はボク喋ったこと一切ないし」

「了解だ……あと千歳、もう一つ頼みたいことがあるんだがいいか？」

「もう一つ？」

「あぁ。それはな――」

それから俺はもう一つの頼みを千歳に話した。

「まったく。優吾はしょうがないなぁ」

「それで頼まれてくれるのか？」

「あぁいいよ」

「ありがとう、わが友よ」

「それ二回目だよ」

千歳はそう返すと呆れたような、でも少し楽しそうな笑みを浮かべた。

「さて、話はこれで終わりかい？」

「まあそうだな」

「じゃあ少し急ごうか。じゃないと遅刻するかも」

千歳の言葉を聞いて、ポケットからスマホを取り出してみると、画面の時刻は登校時間五分前を表示していた。

その後、俺たちは全速力で学校へ向かい、なんとか遅刻は免れたのだった。


「て、天真。ちょっといいか？」

午前中の授業が終わり昼休みを迎えると、俺は即行で天真の席へ向かって彼女に声を掛けた。こうしないと、天真（てんしん）が友達と食堂へ行ってしまうからな。

「優吾（ゆうご）くん……」

直後、二人の間に気まずい空気が流れ出す。まあ初恋の人のパンツを見た男とそんな男にパンツを見られてしまった学園のアイドルが顔を合わせたらこうなるわな。

でもここで怯（ひる）んじゃダメだ。俺は今から謝罪して天真を遊園地に誘うんだから。

「その、この間はすまなかった。故意じゃないとはいえ、あんなことを……」

教室内にはそんなに生徒はいないが、クラスメイトの手前言葉を濁して伝えると、

「ううん、気にしなくていいよぉ。あれは事故みたいなものだったしね」

天真はそう言ってくれた。なんて優しい子なんだ。

「そ、その、だからお詫（わ）びというか……今度のゴールデンウィーク、友達と遊園地に行くんだが天真も一緒に行かないか？」

恥ずかしくて言葉に詰まりつつ我ながらカッコ悪く誘うと、天真は瞳を大きく開いてビックリしているような反応を見せる。

「遊園地？」

「あぁ。『アニマルハイランドパーク』っていう遊園地なんだけど……」

「ホント！」

急に天真は弾んだ声を上げると、勢いよく立ち上がって前のめりになる。

すると俺と天真の距離が一気に縮まった。もう鼻と鼻がくっつきそう。って近っ！

「っ！　ご、ごめん……」

「い、いやこっちこそ悪い……」

二人して謝ると、互いに顔を赤くしながら少しばかり離れる。

一瞬だけど視界が天真で一杯になった。可愛すぎて死ぬかと思ったわ。

あと僅かながらいる周りの男子たちの視線が怖い。

「実はひまり、その遊園地にずっと行ってみたかったんだぁ」

「そ、そうなのか？」

「うん。その遊園地ってね全部のアトラクションが動物をモデルに作られてるんだって。だからちょっと興味があって……」

なるほど。だからさっき遊園地の名前を出した時、すごく嬉しそうにしていたのか。

「だから、その……遊園地一緒に行きたいなって」

天真が小さな声で呟いた。行きたいってことは俺の誘いを承諾してくれたってことだよな。……よっしゃあ！

「ちょっと待つのだ！」

俺が全力で喜んでいると、不意に水を差す言葉が聞こえた。月宮だ。

「ゴールデンウィーク、我も優吾と一緒にその遊園地に行くぞ」

「おい、いきなり何言い出すんだよ」

「別に良いではないか。先ほどの話を聞く限り、元々優吾は友人と行く予定だったのだろう？　ならもう一人くらい増えても問題ないはずだ」

「それはそうかもしれないがな……」

突然参加表明をした月宮の対処に困っていると、

「優吾くん。アテナちゃんとも一緒に遊園地行けないかなぁ？」

なんと天真からそんなお願いをされた。彼女は転校してからずっとクラスに馴染めていない月宮のことを気にかけているからな。月宮の要望はなるべく叶えてあげたいのだろう。

「……わかった。どうせチケットは四枚あるし、月宮も一緒に行くか」

「ほ、本当か！」

「あぁ」

とこうやって偉そうにしている俺だが、四枚のチケットは全部千歳のモノなんだけどな。

「つーか最初からお前も誘うつもりだったしな」

俺が言葉を返すと、意外だったのか月宮は蒼い瞳を大きく開いた。

「良かったね、アテナちゃん」

「えっ……う、うむ」

天真が微笑むと、月宮はササッと俺の背中へと移動する。

そういや月宮は人見知りなんだったな。でもだからって、俺の後ろに隠れるなよ。

「すまんな天真」

「ううん、それよりもひまりのお願いを聞いてくれてありがと」

「いや月宮とも一緒に遊園地に行こうと思ってたのは本当だし。もし天真に頼まれなかったとしても月宮を誘ってたよ」

「そ、そうなんだ……」

……なんだろう。いま少しだけ天真の表情が曇ったような。

「そ、そういえば優吾くんは最初遊園地にはお友達と一緒に行くって言ってたけど、それって誰なのかな？」

「千歳だよ。去年同じクラスだった」

「あっ、千歳ちゃんか」

そこで天真は少し嬉しそうな声を出した。

昨年、天真も俺と同様に千歳と同じクラスだったが、結構仲が良かった。

休み時間とかには二人で楽しそうに話していたし、昼食もよく一緒に食べていた。だから遊んでいる最中に気まずい空気になったりすることはまずないだろう。

「千歳……たしか男のような外見をした女だったな」

「いきなり失礼なやつだな。つーか、千歳のこと知ってるのか」

「うむ。優吾に関する情報は全てここに入っているからな」

自分の頭に指をさしながら自慢げに言ってきた。全ての情報ってなんだよ。恐ぇよ。

「じゃあひまりはこれで失礼するね。友達を待たせているから」

「お、おう」

俺が言葉を返すと、天真はくるりと反転して教室を後にした。後ろ姿も可愛いな。

「……よし」

誰にも聞こえないよう一人でそう呟いた。

本来なら、ゴールデンウィークは天真と二人きりでデートをしたかった。だが、このラブコメの神様がいる以上、俺の告白はどうやっても届かない。

故に今回は敢えて月宮も遊園地に誘うことにした。

なんというか……女子三人と遊園地に行くことに全く抵抗がないかと言えば、そりゃかなりあるが。これも天真に自分の想いを伝えるためだ。致し方ない。

さて、これで全ての準備は整った。あとはゴールデンウィークが来るのを待つだけだ！

「優吾と遊園地デートか……」

「デートではないけどな」

月宮が盛大な勘違いをしているので、きちんと訂正させてもらった。

人が話を締めようとしている時に余計なことを言うのはやめようね。

迎えたゴールデンウィーク。

事前に女子メンバー全員とメールでやり取りした結果（千歳のメアドは一年生の時に交換済み）、今回行く遊園地『アニマルハイランドパーク』への交通手段が各々バラバラだったため、駅などで待ち合わせはせずに現地に直接集合することに決まった。

なので、俺は一人電車に揺られながら遊園地の最寄り駅に下りた後、数分歩いてようやく『アニマルハイランドパーク』に着いたのだが……。

「あっ、優吾くん」

遊園地の入り口前に行くと、天真がこちらに向かって小さく手を振っている。

しまった。本当は天真より早く来る予定だったのに電車が遅れたせいで到着もかなり遅れてしまった。

「すまん。待たせたか？」

「ううん、今来たとこだよ」

天真が愛らしい微笑みを浮かべた。ぐふっ、今のやばい。可愛すぎる。

「なら良かった……そういや他の二人は？　まだ来てないのか？」

鼓動が高鳴っているのを誤魔化すために話題を振る。

「そうだね。まだ来てないみたい」

「そ、そうか……」

今来たばかりの俺が言うのもあれだが、集合時間まであと五分もないんだが。

「そういえば天真。その服可愛いな」

「っ！　そ、そうかな？」

褒められたのが恥ずかしいのか、顔を赤くしている天真の服装は柔らかい印象のチュニックに下はショートパンツ。可愛らしい彼女には実に相応しい格好だ。

「あぁ。すごい似合ってるぞ」

「あ、ありがとう……」

目を伏せてそう言葉に出す天真。

まあさっきから平然と褒めまくってる俺だけど、内心恥ずかしくて死にそうだけどな。

「おはよう」

不意に聞き馴染みのある声が耳に届いた。千歳だ。

「ギリギリだな」

「間に合ったんだからいいでしょ」

「前に体育教師から運動部は三十分前集合が暗黙の了解だと聞いたことがあるけどな」

「ボクは部活でも練習時間の五分前までグラウンドには行かないよ」

千歳はふんっと鼻を鳴らして得意げに言ってきた。そこ威張るとこじゃないだろ。

「おはよう、陽毬ちゃん」

「おはよう千歳ちゃん。久しぶりだねぇ」

そんな風に互いに挨拶を交わす二人の美少女。

「進級してからは千歳ちゃんとあんまり喋ってなかったよね」

「そうだね。ボクのいる教室と陽毬ちゃんのいる教室は距離が離れてるからね」

俺と天真のクラスと千歳のクラスは端と端。どの二クラスよりも遠い位置にある。

「陽毬ちゃんの服可愛いね。なんか気合が入ってる感じがするよ」

「そ、そうかな？　そんなこともないと思うけど」

「そんなことあるよ。ね？　優吾」

「えっ、お、おう。そうだな」

なんだよ、いきなり話振るなよ。ビビったじゃないか。

「つーか、その……服のことについてはさっき話したよ」

「むむっ、最も親しい友人のボクのいないところで優吾は既に陽毬ちゃんとイチャついていたってわけか。それはなんかいけ好かないなぁ」

「お前、なに言ってんだ……」

千歳の言葉にそう返した。

「でもひまりなんかより千歳ちゃんの服の方が全然可愛いと思うよぉ」

「えっ、そうかな？」

「うん！」

「えへへ、そりゃ照れるね」

頭を掻いて恥ずかしそうにすると、千歳はチラリとこちらを見る。

「じゃあ優吾的には今日のボクの服はどんな感じかな？」

「どんな感じって……良い感じじゃないのか？」

千歳はメンズの服を上手く着こなしており、可愛いというよりはカッコいい印象を受ける。彼女の容姿も相まって、何かの雑誌に載っていてもおかしくないレベルだ。

「ボクに惚れたかい？」

「それはないな」

「即答はやめて欲しいな」

千歳は苦笑いを浮かべる。俺が天真以外に惚れるなんてあるわけないだろうが。

それから三人で幾つか会話をすること十数分。ようやく最後の一人がやってきた。

「すまない。遅れてしまった」

遠くの方からせっせと走って来たのは月宮だ。

彼女が一歩一歩近づくたびに、たわわな部分が大きく揺れる。それに周りの男性たちの視線が釘付けになっていた。……なんか男ってみんな考えることは一緒なんだな。

「すまない、優吾」

こちらに到着すると、月宮は膝に手をついて息を切らしながら謝る。

「別に俺は構わないが、謝るなら他の二人にもそうしないと」

俺の指摘に、月宮は「うっ……」と呻く。いや、なんでだよ。

「そ、その……すまない」

息が整うと顔を上げて、月宮は言い淀みながらも天真と千歳に謝罪する。

「別にいいよぉ」「ボクも全く気にしてないよ」

すると、二人は笑顔で応えてくれた。

まあ二人とも優しいからな。これくらいで怒ったりはしない。

「寝坊でもしたのか？」

「そうではない。その……優吾に可愛いと思ってもらえるような服を妹と選んでいたら遅れてしまったのだ」

手をもじもじさせながら月宮はそう説明する。

こういう場合、妹の部分は普通伏せるべきなんじゃないだろうか。

「ど、どうだろうか？　我の服は可愛いだろうか？」

月宮(つきみや)は少し緊張した声音でじーっとこちらを見つめながら訊(たず)ねてきた。

そんな彼女は可愛(かわい)らしいブラウスにひらひらのスカートを合わせていた。

「ま、まあそうだな。可愛いと思うぞ」

「そ、そうか……嬉(うれ)しい」

顔を俯(うつむ)けたのち、月宮は口元を緩めて呟(つぶや)いた。

あんまり過剰に照れられたらこっちまで恥ずかしくなるんだが。

「ひまりもアテナちゃんの服可愛いと思うよぉ」

「うん。ボクもそう思う。男だったら惚(ほ)れてるね」

そう言って月宮の服を褒める二人。やっぱり二人とも優しいな。

でも普段から男子用の制服を着ている千歳(ちとせ)の言葉にはめちゃめちゃ違和感あるけど。

「じゃあそろそろ園内に入るか」

他の三人にそう言うと、

「うん。そうだねぇ」

天真(てんしん)から言葉を返されて少しドキッとした。

それから俺はふと他の二人が気になってチラリと見ると、

「月宮さん、今日は何に乗りたい？」

「と、特にない。あとくっつくな」

「ええなんで？　どうせなら仲良くなろうよ」

「別に我はお前などと仲良くなどしたくはない」

「そんなこと言わないでさ。ね？」

二人は楽しそう……かは別として、無難に会話を交わしていた。

正直四人の中で一番関わりが薄い二人なので色々と心配していたんだが、なんか意外に相性良さそうだな。良かった。これで作戦の方も無事に進められそうだ。

そして今日、俺は絶対に天真に告白するぞ。


園内に入場すると、やはりゴールデンウィークだからか多くの人々が訪れていた。

学生カップルや子供連れの家族、仲睦まじげな夫婦……等々。

そんな中、俺たちはまずどのアトラクションに乗るか話し合ったのち、最終的には最も待ち時間が長そうなジェットコースターから乗ることに決まったのだが……。

「一番目に一番苦手なやつとか。最悪だな」

長蛇の列に並びながら、一人ぼやいた。

ぶっちゃけ俺は絶叫系がかなり苦手だ。具体的に何が苦手かというと、スピード、高さ、あと胃にふわっとくる感じ。それら全てが苦手、というか嫌いだ。なので、俺は小学生の時に初めてジェットコースターに乗って以来、ただの一度も絶叫系には乗ったことがない。

「ひまり、このジェットコースター結構楽しみにしてたんだぁ」

「そうなんだ。陽毬ちゃんってなんとなくこういうの苦手なのかと思ってた」

「そんなことないよぉ、得意ってわけでもないけど。でもこのジェットコースターはヘビをモデルにした可愛いジェットコースターだから楽しみにしてるんだぁ」

天真はニコニコと笑いながら千歳に話した。

そう。全部のアトラクションが動物をモデルに作られている『アニマルハイランドパーク』では当然ながらジェットコースターも例外ではない。

たったいま天真が言った通り、ここの遊園地のジェットコースターはヘビをモデルに作られていて、なぜか最高速度が百二十キロを超えるらしい。

そんな高速で移動するヘビがこの世のどこに存在するというのか……。

「あれ？　優吾、さっきから全然喋ってないけど、もしかしてジェットコースターが苦手なのかい？」

こちらに視線を向けると、千歳はニヤニヤとしながらからかうような口調で言ってきた。

「そうなの？」

その言葉を聞いて、天真は心配そうな表情を浮かべる。

正直、声を大にして苦手だから乗りたくないと言いたいが、好きな人の前でカッコ悪いところを見せるわけにはいかないだろう。

「そんなことないぞ。ジェットコースターは大の得意だ」

「それは本当かな？」

「本当だ」

依然疑ってくる千歳に、俺はきっぱりと言い放つ。

すると、千歳の傍らにいる天真がほっと息をついた。

「ふーん。じゃあ月宮さんは？　月宮さんもさっきから全く話してないよね？」

それを聞いてまだ人見知りをしているのか、俺の背中に半分隠れている月宮に目を向ける。だが、彼女は至って平然とした様子だ。

「わ、我も全く恐くないぞ。あ、あんなもの、お、お茶の子さいさいだ」

ジェットコースターに指をさして、つっかえながらも自信満々に言ってのけた。

やはり月宮は絶叫系が苦手ってわけじゃないみたいだ。

なんて思いつつ、ふと視線を落とすと月宮の膝はガクガクと震えていた。

「…………」

……こいつも嘘ついたのか。

この後ジェットコースターに乗った俺と月宮がどうなったかは言うまでもない。

「まだきもちわるい……」

ジェットコースターに乗った後。案の定、俺は体調が悪くなった。

それから園内に設けられている喫茶店に場所を移して暫し休んだが、まだ目はぐるぐるするし、三半規管はおかしくなっている気がするし、頭は痛い。

そもそもあのヘビ型ジェットコースター、どんだけ回るんだよ。下手したら一周で五回転くらいしてたぞ。ヘビはそんな動きしないんだよ。更に速いし。百二十キロぱないし。

「優吾くん、大丈夫？」

愚痴が止まらない中、隣の席の天真が心配そうに声を掛けてくれた。

「ごめんね。優吾くんがホントはジェットコースターが苦手だってこと気づいてあげられなくて」

「別に謝ることないだろ。俺が自分で乗れるって言って乗ったんだし」

「で、でも……」

「気にするなって」

そう言っても天真の表情は晴れない。まったく優しい女の子だな。

「そうだよ陽毬ちゃん。優吾はこのくらいでどうにかなる男じゃないよ」

前の席に座っている千歳は軽く笑みを浮かべながらそんなことを言ってきた。

お前はもうちょい心配しろよ。それでも俺の友達か。

「優吾、大丈夫か？」

次いでそんな声を掛けてくれたのは月宮だ。

「最初よりはマシになってきたかも……」

「そ、そうか」

月宮は安堵の息を吐く。

「つーか、お前の方はもう大丈夫そうだな」

ジェットコースターを乗り終えた直後、月宮も俺と同じように体調を悪くしていたのだが、なぜか数分休んだだけでグロッキー状態からもう元に戻っていた。なんと羨ましい。

神様は人間と比べて回復力がめちゃくちゃ高かったりするのだろうか。

「我は元々ジェットコースターは苦手ではないからな」

「嘘つけ」

そんな会話を交わしたのち、不意に千歳が口を開いた。

「で、次はどうするかなんだけど……実はボクに一つ提案があるんだ」

その後、千歳は俺にだけわかるようチラリとこちらを見てくる。

「提案って？」

「ボクね、月宮さんと遊園地を一緒に回りたいんだ」

「そうなのか？」

訊ねると、千歳は「うん」と頷いた。

「待て。我はこんな女と一緒に遊園地を回る気などないぞ。どうせならゆ、優吾と一緒に回りたい」

「おいお前なに言ってんだ。せっかく俺の友達が誘ってくれてるんだぞ」

あとそんなに顔を赤くして俺と一緒に回りたいとか言うな。何かと誤解されるだろうが。

「ねえ、その場合ひまりと優吾くんはどうすればいいのかなぁ？」

三人でそんなやり取りをしていると、天真が千歳に質問する。

「二人で一緒に回ってきたらいいさ」

「それって優吾くんと二人でってこと？」

「そうそう」

「っ！　そ、そっか……」

直後、天真は少し固まったのち顔を俯かせた。

これはどういう反応なんだろうか。すごく気になる。

「ちょ、ちょっと待つのだ。我はそんなのは認めないぞ。というよりも、お前はそんなに我と一緒に回りたいのか？」

月宮が千歳に視線を向けて問うと、

「もちろん。だって月宮さん可愛いし、面白いし、もっと仲良くなりたいし」

千歳がニコッと笑いながら答えた。どうやら千歳は月宮との友好関係を深めたいようだ。

……まあ実はこれって俺がやらせていることなんだけどな。

先日、登校時に今回の四人での遊園地の件を話した際、俺は千歳へ頼みごとをした。その内容が『なんでもいいから俺と天真を二人きりにさせて欲しい』というものだ。

要するに、いま千歳は俺と天真を二人きりにさせるべく行動してくれている。

でもたぶん月宮と仲良くなりたいってのも本当なんだろう。

実際、かなり相性良さそうだしな。

「と、とにかく、我はこの女とは二人で回る気はない。ゆ、優吾とならその……何時間でも一緒に回りたいのだ」

今度はもじもじしながら主張してくる月宮。おいおい、だからそういう感じの態度を取っちゃうとだな……おう、なんか千歳から白い目で見られてる。

「ふーん。そんなに月宮さんは優吾と一緒に回りたいのか……」

それから千歳は暫しトリップ状態に入ると、なにか閃いたように「あっ！」と声を出した。

「じゃあこういうのはどう？　今から女子三人でそれぞれ優吾と二人きりで遊園地を回るっていうのは」

千歳は軽く笑みを浮かべながら喋る。

まだ彼女が何を言っているかはよく分からないが……なんか嫌な予感。

「それは、つまりどういうことなのだ？」

「つまりね、残りの時間を使って女の子全員が優吾と一人ずつデートするってことさ。これだと月宮さんは優吾と二人きりで過ごせるし、ボクも陽毬ちゃんが優吾とデートしてる時に月宮さんと二人きりで遊園地を回れるしね。グッドアイデアでしょ？」

千歳が話し終えると、彼女の話を理解したのか月宮は「おぉ」と感嘆の声を上げた。

「それは我も優吾と二人きりでデートが出来るということだな？」

「そういうこと。でも、ボクと陽毬ちゃんも優吾とデートしちゃうけどね」

「むぅ、それは嫌だな……」

「でも、月宮さんが優吾と二人きりになったら、あんなことやこんなことも出来るかもしれないよ？」

「っ！　あんなことやこんなこと……わかった。我もその提案に乗ろう」

「じゃあ決まりだね！」

という感じで、二人で勝手に話を進める月宮と千歳。

「ちょっと待て。なんで俺がお前らと二人でデートしなくちゃいけないんだよ」

「だって、ナイスアイデアでしょ？　こんな可愛い女の子全員とデートが出来るんだよ。

このモテ男め」

「うるせ。そういう茶化しはいらないんだよ」

あと可愛い子にちゃっかり自分を含めてるんじゃねぇ。まあ確かに千歳は可愛いけども。

「もう、文句ばっかりだな優吾は。じゃあ優吾が代替案出しなよ」

千歳は目を細めながらそう言ってきた。この場合の代替案というのは、俺と天真が二人きりになれる案のことだろう。

確かに月宮が千歳と二人きりで行動する気がない以上、他に案と言っても浮かばないのだが……三人全員とデートってのもなぁ。

「ないなら決まりね。これから優吾はボクたち三人と二人きりデートをするということで」

俺に考えがないことを察したのか、千歳は話を進める。

「陽毬ちゃんもそれでいいよね？」

「うん。いいよぉ」

天真は頷いて快く了承する。俺との二人きりでのデートに躊躇なく頷いてくれたのは嬉しいけど……ちゃんと話聞いてたのかな?

「ゆ、優吾とデート……も、もしかしたら本当に優吾とあんなことやこんなことが起こってしまうかも……」

あわあわとしている月宮だけど、安心して欲しい。お前とはあんなこともこんなことも絶対に起こらないから。

「……はぁ」

俺は大きく溜息をついた。

正直、月宮や千歳とデートをする気は全く起きないが、これも天真と二人きりになるためだ。千歳の案を呑む他ないだろう。

こうして俺は三人それぞれと二人きりのデートをすることになった。


あれから俺たちはまだ若干体調が戻っていなかった俺以外のメンバーが昼食を摂ったあと喫茶店を出た。

それにしてもご飯を食べている天真の姿も可愛かったな。何時間でも見ていられるような可愛さだった。

「ちょっと優吾、なにぼーっとしてるのさ？」

そんなことを思い出していると、傍らから言葉を掛けられる。

目を向けると、千歳が不思議そうな面持ちでこちらを見つめていた。

一番目のデート相手はこいつだ。デートの順番はじゃんけんで決めたらしい。

「なんだよ。別にぼーっとなんかしてないだろ？」

「してたね。どうせ陽毬(ひまり)ちゃんのことを考えてたんでしょ？」

おうふ。鋭いなこいつ。これが世に聞く女の勘ってやつか。

「当たってたね？」

「大正解だ」

「ふふっ、本当優吾は陽毬ちゃんのことが大好きだね」

千歳はからかうような口調で言ってきた。別に大好きだから否定しないが。

「で、これはいつになったら抜け出せるんだ？　全く出れそうにないんだが」

周りを見回しながら、千歳に訊(き)く。

俺と千歳はいま『動物迷路』というアトラクションを二人でやっていた。

名の通り入口から入った途端迷路になっているのだが、制限時間内に迷路内のどこかに隠された動物カードを探し出したあと出口から脱出しなければならない、というルールだ。

割と子供向けのアトラクションのはずなのだが、ここにいる高校生二人は一向に迷路を抜け出せずにいる。それどころか動物カードすら見つけられていない。

「そうだね。もしかしたらもうこのまま一生出れないかもね」

「おい、恐(こわ)いこと言うなよ」

「そう？　ボクは別に良いけどね」

……俺は良くないんだが。

「とにかくさっさとカードを探すぞ。さっきから小学生が続々と抜け出して割と本気で焦ってるからな」

そう言って先へ進むと、後ろから追うように千歳も歩き出す。

だが、幾ら探してもカードは見つからない。このアトラクションまじでおかしい。

「ねぇ優吾。月宮さんって優吾のこと好きなんでしょ」

「……いきなりなんだよ」

「否定しないってことは合ってるってことだね」

「……まあな」

つーか直接「好きだ」って言われたし。

「本当優吾はモテモテだねぇ」

「俺のどこがモテてるっていうんだ。嫌味か」

「モテてるさ。まあ優吾は気づいてないだろうけどね」

「だからモテてねぇよ」

なんでこんなに俺をモテ男にしたがるんだ。訳がわからん。

「あっ、そういえばこれ」

唐突に千歳は立ち止まると、俺の前に何かを差し出してきた。これは……！

「動物カードじゃないか」

うさぎの絵が描かれたカード。迷路を抜け出すために必要な物だ。

「お前、いつの間に見つけてたんだよ」

「えっ、結構前に見つけてたよ」

「なんだよそれ。じゃあなんですぐに言わなかったんだよ」

もうかれこれ十五分くらい探してたのに。あの苦労は一体何だったんだ。

「だって、そんなことしたらすぐ終わっちゃうでしょ？」

「別にいいだろ」

「バーカ」

「なんでだよ」

そう返すと、千歳はクスクスと笑った。だからなんだよ。

「じゃあもう出るとしようか。あんまり遅いと係員の人に変なことしてないか疑われるかもしれないし」

「いやそれはないだろ」

千歳のあり得ない言葉を否定して、俺は呆れるように溜息を吐く。

そんな俺を見て、彼女は実に楽しそうな表情を浮かべていた。

千歳とのデートが終わったあと。次いで俺は二番目のデート相手——月宮とデートをすることになった。余談だが、俺と千歳がデートをしている時、月宮は天真とフードコートに行っていたらしい。何でも園内で有名なパフェを食べていたとか。

月宮は最初天真とはどこにも行くつもりはなかったらしいが、天真の方が「さっき美味しそうなパフェがある店を見つけたから行こうよ」と誘ったら秒で食い付いたらしい。

神様チョロイ。

月宮は前に天真のことをあの女呼ばわりしていたし、てっきり上手くいかないと思っていたけど、そうはならなかったみたいだ。

「ゆ、優吾。我とあれに乗ってくれないだろうか？」

園内を神様と二人で歩いていると、月宮が示したのは遊園地の定番のアトラクション——コーヒーカップだ。

「あれに乗りたいのか？」

「あぁ。その……ゆ、優吾と一緒に乗りたい」

月宮は恥ずかしいのか目を合わせずに人差し指をくっつけたり離したりしながら答えた。

こういう時ってどういう反応を返せばいいのか困るよな。

「そうか。じゃああれに乗るか」

「う、うん！」

不意に月宮は愛らしい笑みを浮かべる。抜群の容姿と相まって思わず心臓がドキリとしてしまった。

いやいや何やってんだ、俺。天真に恋してる者として神様の笑顔くらいで感情を乱されちゃだめだ。この先はもう少し気を付けなければ。

なんせこれが終われば次は天真とのデートなんだからな。

「優吾ぉ、早く乗らないのか？」

「はいはい」

いつの間にか先を歩いていた月宮から呼びかけられると、俺は小走りで彼女の下へと向かった。それから列に並ぶと、待ち時間を終えた俺と月宮は二人で一つのコーヒーカップに乗っていた。

もちろんこれもジェットコースターと同様に動物をモデルに作られている。その種類は五種類でウサギ、サル、パンダ、ライオン、トラだ。

どういう風に作られているかというと、方法は簡単で通常のコーヒーカップの側面に動物の絵が描かれているだけ。でも、絵のレベルが子供用とかに描いたんじゃなくて割とまじで描かれている。要するにめっちゃ上手い。

「なんか乗るのに気が引けるな」

カップに描かれたやけにリアルな動物を眺めつつ、一人ごちた。

すると、傍らに人の気配。顔を向けると隣には月宮が座っていた。

「………」

おかしいな。俺の中のコーヒーカップの座り方とこれ違うと思うんだけど。

「なあ月宮。お前はどうしてそこに座ってるんだ?」

「っ! は、はて。何のことだ?」

「何のことって、コーヒーカップはこういう座り方をする乗り物じゃないだろ?」

「そ、そうだろうか。我はいつもこうやって乗っているがな」

月宮はそう返してくるが、思い切り目が泳いでいる。間違いなく嘘だ。

「コーヒーカップは向かい合って座るものなんだよ。だからあっちへ行け」

前方へ指さす――が、月宮は俺の隣から全く動こうとしない。

「って、おい」

「だ、だって……我は優吾の一番近くにいたいんだもん……」

月宮は少し拗ねたように唇を尖らせる。

もんって、また出たな。

「わかったよ。じゃあ俺が動くからお前は動くなよ」

そうして俺は月宮と距離を空ける。直後、月宮がその分の距離を詰める。

「だから、おい」

「わ、我は悪くないぞ！　優吾が動くと身体が勝手に優吾の方へと動いちゃうのだ！」

どんな言い訳だよ。小学生でもそんなひどい内容にはならないぞ。

「……わかったよ。もう隣に座れよ」

大きく息を吐いて、諦めるように言った。たぶんこの神様には何を言っても隣に座ろうとしてくるだろう。抵抗するだけ無駄だ。

「良いのか？」

「あぁどうぞ」

「……うん」

月宮はそう返して、嬉しそうな表情で再び俺の隣へちょこんと座り直す。

まったく。そういう顔をされると怒りたくても怒れないんだよな。俺が甘いのだろうか。

「優吾のとなり……やった」

月宮の呟きが聞こえたあと、不意にベルが鳴ったと同時にコーヒーカップが動き出した。

それから俺と月宮は二人でコーヒーカップを楽しんだのだが、その最中一つわかったことがある。

それは、コーヒーカップは隣り合って座るとすごく乗り心地が悪いということだ。

「待たせてごめんねぇ」

　事前に決められた場所で待つこと数分、遠くから天真（てんしん）が息を切らしながら駆け寄ってきた。こちらに到着すると、彼女は胸に手を当てて呼吸を整える。

「いやいや、そんなに待ってないぞ」

「そ、そうなの？」

「あぁ」

「そっか良かった」

　天真はほっと息をついたのち笑みを零（こぼ）した。

　わざわざ俺のことを気遣って急いで来てくれるなんて。優しいな。

「じゃ、じゃあ行こっか？」

「えっ、もう行きたい場所は決まってるのか？」

　訊（たず）ねると、天真は笑顔で「うん」と答えた。

　本当は俺も行きたい場所があったんだが……まだ時間はあるしここは天真を優先しよう。

「実は優吾くんに乗って欲しい乗りたいものがあるんだぁ」

「そ、そうか」

　乗って欲しぃ？　もしかしてまた絶叫系とかだろうか。

「大丈夫だよ。きっと優吾くんも気に入るから」

天真が温かな微笑みを浮かべた。

おかしいな。いつもなら心臓がバクバク鳴るはずなのに、今は冷や汗がハンパないぞ。

初めてかもしれない。天真の笑顔がコワい！


と思っていたのだが……。

「メリーゴーラウンドか」

係員に案内されると、目の前には馬やら馬車やらが弧を描くように並んでいた。

周りには主にカップルや子供たちがおり、前者は仲睦まじく喋りながら乗るものを選んでおり、後者はあどけない笑顔で楽しそうにはしゃいでいた。

「うん。優吾くんと一緒に乗りたいと思って」

「なんだ。そうだったのか」

てっきり今日二回目の絶叫系へと誘われるのかと思っていたけど、違ったみたいだ。

そりゃそうか。あれだけ俺が具合悪くなるのを見ておいて、優しい天真がもう一回絶叫系に乗ろうなんて言うはずがない。

「どう優吾くん。気に入った？」

天真がそう訊いてきた。どうかとは、間違いなくメリーゴーラウンドのことだろう。

「すごく良いと思うぞ。なにせ俺はメリーゴーラウンドが大好きだしな」

「ホント！」

俺の言葉を聞いて、天真は嬉々とした声を上げた。

実は大好きってほどでもないが、これも天真を喜ばせるため。嘘も方便というやつだな。

「どれにしよっか？」

メリーゴーラウンドの周りを歩きつつ、天真は乗り物を一つ一つ見ていく。

無論、このメリーゴーラウンドも動物をモデルにして作られている。

だが一般的なそれとは違って、馬や馬車だけでなくシマウマやトラ、ガチョウなども置かれており、いずれも可愛らしく意外とどれを選んだらいいか悩む。

「優吾くん、これに乗らない？」

熟考した末、天真が選んだのはライオンが引いている四人用の馬車。

ライオンが引いてる時点で馬車じゃなくない？　とかツッコんじゃいけない。

「そうだな。じゃあこれに乗るか」

それから俺と天真は二人で馬車に乗ろうとした……のだが。

「あー、これボクが乗りたかったのにぃ」

不意に声が聞こえた。子供の声だ。

視線を落とすと、七、八歳くらいの男の子が指を咥えながらライオンの馬車をじっと見つめていた。

辺りを見回すが、親らしき姿はない。おそらくアトラクションの外側にいるのだろう。

「そっかぁ。じゃあ乗っていいよ」

男の子に優しく微笑みながら、天真は躊躇なく馬車を譲る。

すると、男の子は「やったぁ」と嬉しそうに馬車へと乗った。

「ごめんね。ひまりのせいで馬車に乗れなくなっちゃったね」

それから子供から少し離れると、天真が申し訳なさそうな笑みを浮かべて言った。

「いや、今のは天真の行動が正解だろ」

「ふふっ、ありがと」

そう話すと、天真は軽く笑った。

彼女は可愛らしくて明るくて本当に素敵な女の子だ。

天真は一年生の途中まではあまり目立たない、こう言うとあれかもしれないがぶっちゃけ地味な子だった。

でも俺はそんな彼女の時から彼女のことが好きだったのだ。

それは俺が惚れたところが天真の外面的な部分じゃなくて、今みたいな自分がやりたいことでも我慢して他人に対して笑顔で譲ってあげられるような、そんな内面的なところだからだろう。

だから俺はあの雨の日から今になっても天真のことがずっと好きなんだ。

と、改めて天真への想(おも)いを認識したところで、

「……天真、本当にこれに乗るのか？」

「っ！　ご、ごめんね！　ひまりのせいで！」

ライオンの馬車を子供に譲ったあと、残っていた乗り物は一つしかなかった。

それがキリンの乗り物なのだが、なんと二人用である。

つまり、俺と天真は今からキリンに二ケツで乗らないといけないわけで……。

「もしかしてひまりとじゃ嫌かな？」

「っ！　そ、そんなことないぞ！」

天真に上目遣いで問われて、俺は即行で答えた。なにいまの。めっちゃ可愛かったぞ。

「そっか！　じゃあ一緒に乗ろ！」

「お、おう」

それから俺と天真は一人ずつキリンへと乗った。前が俺で、後ろが天真だ。

「だ、大丈夫か？　落ちそうじゃないか？」

「う、うん。大丈夫だよ」

少し恥ずかしそうに言葉を返す天真は俺の腰に抱きつくような姿勢になっていた。

もう嬉しすぎて死にそうだ。まさかメリーゴーラウンドでこんなイベントが起きるとは。

あの子供に感謝しないといけないな。ちびっ子よ、まじでありがとう。

それからベルが鳴るとメリーゴーラウンドは動き出して、止まるまで俺はずっと天真(てんしん)に抱きつかれたままだった。最高に幸せな時間だった。


メリーゴーラウンドという実に幸せな乗り物を体験したあと。茜色(あかねいろ)の光を浴びながら園内を二人で歩いていると、俺はズボンのポケットからスマホを取り出してチラリと画面を見た。……よし、月宮(つきみや)と千歳(ちとせ)に合流する時刻まではまだ時間があるな。

「なあ天真」

「な、なにかな？」

天真がビックリしたように反応した。なぜか顔も赤くなっている。

そういやメリーゴーラウンドを乗り終えた後から、こんな感じだったような……って、そんなことを考えてる場合じゃないんだった。早くしないと。

「実は天真と行きたいところがあるんだ」

「えっ、ひまりと？」

「あぁ。だから今からそこに一緒に行ってくれないか？」

願うような気持ちで訊(たず)ねると、天真は驚いたのか一瞬キョトンとしたあと、

「うん、いいよ」

笑顔で了承してくれた。天真ならそう言ってくれると信じてたよ。

「ありがとな」

「ううん。優吾くんが行きたい場所ならひまりも行ってみたいし」

「そ、そうか……」

まずいな。このままだと気持ちが抑えきれなくなる。

けど落ち着け、俺。今はまだ早い。ちゃんと目的地に着いてからにしないと。

「えっと……じゃあ行くか」

「うん」

天真が元気よく返事をすると、俺は彼女と一緒にとある場所へと向かった。

そして、その場所は——これから俺が天真に告白する場所だ。

暫し歩いたのち、俺と天真は目的地に着いた。そこには既に大勢の人々が列を作って並んでいた。

「わぁ、観覧車だ」

天真が嬉しそうにそう言った。

ここで忘れているかもしれないので言っておくが、そもそも俺が今日四人で遊園地に遊びに行く計画をしたわけは、月宮に邪魔されずに確実に天真へ告白するのが目的だった。

だから、千歳には四人での遊園地に参加して貰ったり、こうして天真と二人きりになれるようサポートして貰ったりした。

そして、それら全ては今この状況を作り出すためであったりもする。

「俺はどうしても天真とこの観覧車に乗りたかったんだ」

なぜ観覧車かと聞かれると、それは俺が天真に告白するにあたって、雰囲気としても月宮に邪魔されない点としても、最も適した場所だからだ。

以前ユノから聞いた話では、人の恋愛を邪魔する力は対象が使用者の視界に入らないと行使できないと言っていた。

つまり、月宮の視界から百パーセント外れて且つ告白に適切な場で告白をすれば、俺の想いはちゃんと天真へ届くということ。

そして、その条件にピッタリハマったのが遊園地の観覧車だった。

観覧車は一度乗ってしまえば、たとえどのタイミングで月宮が来たとしても絶対に告白の邪魔は出来ない。

だって、外からじゃどのゴンドラに俺がいるのかわからないからな。

ゆえに月宮は俺を目視できない、ひいては告白の邪魔も出来ないというわけだ。

今回こそ我ながらマジで完璧な作戦だな。

「っ！　そ、そうなんだ。優吾くんがひまりと観覧車に……」

小さく呟きながら、天真は顔を少し下へと向ける。なんてことない仕草なのにすごく可愛い。

「じゃ、じゃあ列に並ぶか」

「う、うん。そうだね」

互いに妙に緊張しながら、観覧車の列へと並んだ。

おそらく順番が回ってくるまで十分ほど。

月宮たちと合流する時刻まではまだ二十分ほどある。余裕だな。

あとは月宮たちとばったり会わなければいいが、その可能性は皆無だ。

なぜなら事前に千歳に観覧車の付近には来ないよう伝えてあるからな。

だから千歳と一緒に行動しているはずの月宮もここに来ることはない。

「優吾くん。覚えてる？」

「えっ、なにを？」

色々と考えていると、不意に天真から話を振られた。ちょっとビビったわ。

「ひまりと優吾くんが初めて出会った頃の話」

「あぁ覚えているぞ。あの雨の日だろ」

というか忘れるわけがない。なんせあの日を境に俺の初恋は始まったんだから。

「あの時ねひまり、優吾くんに話しかけて本当に良かったって思ってるんだぁ」

「そうなのか？」

「うん。だってあの時にもしひまりが優吾くんに傘を貸そうって思わなかったら、今こうして優吾くんと遊園地には来れてないからね」

天真は愛らしい微笑みと共に答えた。

その瞬間、思わず俺の心臓がドキリと高鳴る。

「そういえばあの日からだよね。ひまりと優吾くんがよく喋るようになったのも」

「そ、そうだったかもな……」

とぼけるように言うが、よく話すようになったのは俺が自主的に天真に話しかけにいっていたからだ。

当時、何かと理由をつけて毎日天真と少しでも話すようにしていた。それがあったからこそ天真がいま言ったようにこうして好きな人と遊園地にまで来れるようになったのだ。

今思えば、天真に話しかけようとするとき必ず周りに人がいなくて、非常に話しかけ易かったのを覚えている。きっと神様が俺の恋を応援してくれていたに違いないな……いや違ったわ、神様は俺の恋を邪魔してるんだった。

「ひまりね、すごく嬉しかったんだよ？　優吾くんと沢山話すことが出来て」

「えっ、そうなの？」

それに天真はこくりと頷く。なにそれ初耳なんですけど。そして超嬉しい。

「実はそれまでひまりはあんまり男の子と関わったことがなかったんだ」

「そ、そうか……」

何となくわかる気がする。イメチェンする前の天真は異性と積極的に関わりそうな感じじゃなかったからな。

「だから優吾くんと色んな話を一杯している時はすごく楽しかったし、嬉しかった」

笑顔で語る天真。本当に嬉しそうな顔をしてくれている。

「そ、そうか。そりゃ良かった」

「うん！」

そこで天真から今日一番の笑顔が放たれて、それは俺のハートど真ん中を貫いた。なんて可愛さだ。告白をする前に死んでしまうかもしれん。

そう思っていると、昔の話をしたからか、ふとあることが気になった。

「……なあ天真。一つだけ聞いていいか？」

「なにかな優吾くん」

「去年の夏休み明け、なんで天真はイメチェンをしたんだ？」

　そうだ。一年生の時の夏休み明けに彼女は黒髪おかっぱの目立たない女の子からリア充全開のポニーテール美少女へと変貌した。しかし理由は未だに不明だ。

「優吾くんはなんでだと思う？」

　天真は少しからかうような口調で聞き返してくる。

「それがわからないから聞いてるんだけどな」

「ふふっ、まあ強いて言うなら可愛くなるためかなぁ」

　天真は笑みを零しながら答えると、続けて話す。

「ひまりはね可愛くなって、誰かに可愛いって言ってもらいたかったんだよ」

「誰かにっていうのは、同学年の生徒たちとかのことか？」

「さあ、どうだろうね？」

「どうだろうねって……」

　なぜここで曖昧に答えるんだ。違うのか？

「ちなみに優吾くんは今のひまり可愛いと思う？」

　天真は瞳だけ見上げて訊ねてくる。

　一瞬返答に戸惑ったが、ここは話の流れ的に素直に答えても問題ないはずだ。

「あぁ。すごく可愛いと思うぞ」

「っ！　あ、ありがと……」

照れたのか、天真は頬を染めて顔をやや下に向けた。これもまた可愛いな。

「では次のお客様、どうぞ」

係りの人に呼ばれた。どうやらいつの間にかゴンドラに乗る順番が回ってきたみたいだ。

「天真、行こうか」

「う、うん……」

天真の返事を聞いたあと、俺は彼女とゴンドラ乗り場へと足を進める。

この中へ入りさえすれば、あとは告白するだけだ。

そうすることで、ようやく俺は天真に自身の想いを伝えることが出来る。

受け入れて貰えるかどうかは正直よくわからない。

でも、もし結果がダメだったとしても、またもう一度アピールをし直せばいいだけ。

それよりもこのままズルズル気持ちを伝えられないまま終わってしまった方が絶対に後悔する。だから、どうしても俺が天真のことが好きだという気持ちを彼女には知っておいて欲しいのだ。そして、天真が俺の初恋の人だということも。

「足元にお気をつけて中へとお入りください」

ゴンドラが目前に到着して扉が開くと、係りの人にそう案内された。

あとは乗るだけ。これで何の邪魔もされずに俺は告白出来る。

そう思い一歩踏み出そうとした瞬間――。

「っ！」

なぜか身体が一切前に動かなくなった。なんだこれ、おかしくないか。

不可解に感じて後ろへ顔を向けると、そこには俺の腕を両手でしっかりと握っている月宮がいた。だが走って来たのか、彼女は息を切らしていて顔を下へと向けている。

「っ！　お前、どうして……」

千歳と一緒に行動していたら、月宮がここに来ることはあり得ないのに。こいつ、どうしてここにいるんだよ。つーか、千歳はどうしたんだ？

その時、ふと視線を感じて奥に目を向けると、遠くの方に千歳の姿があった。

彼女は申し訳なさそうな表情で身振り手振りをしながらこうなった理由を伝えてきた。

千歳曰く、月宮が俺のことを心配して勝手に一人で探し出しに行ってしまったらしい。

なるほど。それで月宮がこんなところにいると。

ホントこいつは、どんだけ俺に告白させたくないんだよ。

「お客様、他のお客様のご迷惑になりますので……」

いつまでもゴンドラに乗らないでいると、係りの人に促された。

「……はい。わかりました」

俺がそう返すと、三人はひとまず列を外れた。

これで今日俺は天真と観覧車に乗れなくなってしまい、告白をすることもできなくなってしまった。

「アテナちゃん、大丈夫？」

天真が声を掛けると、俯いていた月宮はゆっくりと呼吸をしたのちようやく顔を上げた。

「優吾。我ではダメなのか？」

月宮の行動に苛ついていると、急にそう訊かれた。

「……は？」

「その……我では優吾の彼女になれないのだろうか？」

顔を赤くしながら月宮は何かを言っているが、正直全く意味がわからなかった。

というより、理解したくもなかった。

散々他人の恋路を邪魔しておいて、よくもまあ自分のことを訊けるな。

「我はその……ほ、他の女よりも……う、美しいし……む、胸も大きいし……お、お得だぞ！」

赤面しながら一生懸命言葉を紡ぐ月宮。

だけど全く耳に入って来ない。完全にこいつの言葉を俺は拒否している。

それくらい気持ちも動かされないし、何も感じない。

「ゆ、優吾……」

そもそもこいつはいつも自分のことばかりなんだよ。

相手がたとえ自分の好きな人だったとしても、自分を中心に行動している。

だから俺が告白を失敗するたびにどんな思いをしているかすらわかっていない。

たぶん想像できないんだろう。

ただ自分が嫌だからこいつは俺の恋をいつも邪魔してくる。

「ゆ、優吾、我は優吾のことが……」

しかもそんなやつがラブコメの神様？　冗談も休み休みにして欲しい。

最初は初めて好意を寄せられて、少し俺も浮かれていたのかもしれない。

だからどんなことが起きてもそれなりに許せたのかも。

でも、もう限界だ。やってられるかこんなの。

「我は優吾のことがす――」

「どうしてお前は俺の邪魔ばかりするんだよ！」

言い放った刹那(せつな)、しまったと思った。

我に返ったのだ。幾ら腹が立ったとはいえ、面と向かって言うべきことではないと。

だが、もう遅い。

すぐさま月宮へ視線を向けると、彼女は蒼(あお)い瞳に涙を溜(た)めていた。

「優吾(ゆうご)……すまない……」

そして、そう言い残すと、涙を流したままこの場から走り去ってしまった。

銀色の髪を揺らしながら彼女の背中はあっという間に遠くなっていく。

「……くそ」

確かにこの場で言うべきことではなかったかもしれないが、そもそも月宮(つきみや)が俺の告白を邪魔するのが悪い。俺は何も悪くない。

だから、あいつが傷つこうが泣こうが俺には全く関係ない。自業自得(じごうじとく)だろ。

「優吾くん……?」

不意に傍(かたわ)らから名前を呼ばれた。

天真(てんしん)は驚いているような心配しているようなそんな瞳でこちらを見据えている。

俺は好きな人の前で女の子を泣かせてしまったのか。こりゃ最悪だな。

「その……なんでアテナちゃんにあんなことを言っちゃったの？」

天真が不安げな表情で問うてくる。

もしここで月宮がラブコメの神様で俺の恋の邪魔をしていたのは彼女なんだと明かしたとしても、完全には信じてくれないだろう。

優しい天真なら二割くらいは信用してもらえるかもしれないがな。

「すまん。上手(うま)く説明できない」

「……そっか」

天真は少し悲しそうに顔を俯ける。

「じゃあひまりと一緒にアテナちゃんを探しに行こうよ。千歳ちゃんも探しに行ったみたいだし」

天真から提案される。いつもの俺なら彼女の言葉なら喜んで何でも受け入れただろう。

でも今回はちょっと無理そうだ。

「……悪い、先に行っててくれるか」

「えっ……」

思いもよらなかったのか天真は一瞬戸惑った表情を浮かべた。

でも何かを察してくれたのか、その後彼女は少し寂しげな笑みを浮かべながら、

「わかった。あとから来てね」

それだけ言って月宮を探しに行ってしまった。

「…………」

確かに月宮が涙を流したのも、どっかへ行ってしまったのも俺のせいだ。

でも俺は悪くない。

あいつが今までしたことに比べれば、そこまで大したことじゃないはずだ。

それにここで俺が月宮を探し出してしまうと、きっとまたあいつは俺の恋を邪魔しに来

るに違いない。そんなこともう二度とされてたまるか。

……だから、俺は月宮を探さない。

「……ん？　なんだこれ」

足元を見ると、地面には小さい何かが落ちていた。

拾って確かめてみると、それは裁縫でよく作られるポンポンだった。

「これは……ハムスター？」


天真と千歳が月宮を探し回っている間。

俺は園内に設けられている噴水近くのベンチに一人座っていた。

二人には申し訳ないが、俺はどうしても月宮を探す気にはならない。

これまで再三恋の妨害をされてきたのだ。そんな被害者の俺がどうしてあいつを探さなくちゃいけない。しかも、ただ悪口を言っただけで……。

「あぁ、くそう！」

俺は悪くない。そのはずなのに、なんか無性にモヤモヤする。

おかしいだろ。十九回だぞ。今回の件も含め合計十九回も告白を邪魔されてるのに、なんで俺がこんな気持ちにならないといけないんだ。腹が立つ。

「ほんと情けない人間ね」

一人でイライラしていると、不意に耳馴染みの声が聞こえた。

目をやると、そこにはお洒落なトレンチコートを羽織って、なぜかメガネを掛けているユノが仁王立ちしていた。

「……お前、なんでここにいるの」

「はっ、そんなの当たり前でしょ。姉さんが今日デートをするって言ってたから心配して尾行していたのよ」

このシスコン、さらっとストーカー発言を繰り出してきたぞ。

でも、だからメガネ掛けてるのか。納得だ。

「で、そのストーカーをしていたシスコンさんは俺に何か用ですか？」

「す、ストーカーじゃないわよ！　……まあいいわ。あんたに話があるのよ」

「話？　俺はないんだが」

「あたしがあるのよ！　だからちゃっちゃっと聞きなさい！」

ビシッと指をさしてきて、ユノはプンプン怒る。

「優吾、あんた姉さんにひどい事言ったでしょ」

「っ！　なんでお前がそれを知ってんだよ……」

「だって近くにいたもの」

平然と答えるユノ。近くって、どこにいたんだよ。こいつの尾行能力すごいな。

「言っておくが、俺は悪くないだろ。観覧車で告白をしようと思っていたらまたお前の姉に邪魔されたんだ」

「まあ確かにあんたがあの天真さんが好きで、彼女への告白を邪魔され続けて困っていることには同情するわ。姉さんにああいった感情を抱くのも無理もないわね」

「お、おう。そうか」

意外だ。ユノのことだから間違いなく姉の月宮の肩を持つと思っていたんだがな。

「それで話ってのはなんだ？　俺に同情してるってだけ伝えにきたのか」

「いいえ。あたしはあんたに本当のことを伝えに来たのよ」

「本当のこと？」

聞き返すと、ユノは真剣な面持ちで頷いた。

珍しいな。こいつのこんな表情を見るのは初めてだ。

「優吾は自分で考えたことない？　あんたがどうして天真さんとそれなりに仲良くなることが出来たのか」

「は？　それは俺がアピールしまくったからだろ」

これはマジだ。天真とはウザがられない程度に頻繁に話しまくったし、メアドだって下校途中に勇気を振り絞って交換したのだ。だからこそ、今の天真との関係がある。

「そうね。あんたもあんたなりに頑張ったんでしょう。でも妙なこととか起こらなかった？」

「？　妙なこと？」

「ええ。例えばあんたがその天真さんに話しかける時は不思議なほど周りの人たちが消えて、とても話しかけやすい状況になるとか」

「っ！」

たしかに、一年の途中まで天真に話しかけに行った時は必ず周りに人はいなかった。

天真の友達も何かしらの用事でいなくて、常に彼女が一人の状況が出来ていた。

「あとはそうね、メアドを交換する時にタイミング良く天真さんがその前の日に携帯を買っていたとか？」

「っ！　おいちょっと待て。どうしてお前がそれを知って……」

「あたしの言ったこと全部当たってるでしょう」

俺の言葉を遮るように、ユノはそう口にした。彼女が言った通り全て正解だ。

でも、なんでこいつが俺のそんな情報を知っているんだろう……！

「なんであたしが知ってるの？　って顔してるわね」

「わかってるなら早く教えてくれよ」

「そうね。なんであたしが今話したことを知ってるかっていうと、それは姉さんから聞いたからよ？」

「月宮が？　でもあいつが転校してきたのは今年の四月からだぞ。俺が一年生の時のことなんて知ってるわけ……」

いやそんなこともないのか。あいつは去年から俺の告白を邪魔していたわけだし。俺と天真のやり取りを色々知っていてもおかしくはない。

「でも勘違いしないで。別に姉さんはあんたのことを意味もなくペラペラと喋っていたわけじゃないわ」

そう補足すると、ユノは続けて語った。

「いい？　よく聞きなさい優吾。姉さんはね。今でこそあんたの恋路の邪魔ばかりしているけど、初めは優吾の恋愛の手助けをしていたのよ」

「……は？」

ユノの言っていることがよくわからなかった。

月宮が俺の恋愛の手助け？　今までの行動でどの辺が手助けになっているというのか。ぶっちゃけなくても、こちとら迷惑をこうむってばかりだ。

「だから言ったでしょ。初めの方よ」

「初めの方？」

「そうよ。さっき言った優吾が天真さんに話しかける時に話しかけやすい環境が生まれたり、優吾がメアドを聞く前日にタイミング良く天真さんが携帯を買っていたりしたのは、全部姉さんのおかげだったのよ」

そう言われて、俺はようやく理解した。

つまり、一年生の時、俺が天真に色々とアピールできたのは月宮がラブコメの神様の力で俺の恋愛を手助けしてくれていたから。

ということは、俺がいま天真と話せたり遊園地に来れたりしているのは、月宮のおかげというわけで……。

「それ、本当か？」

「ホントよ。あたしが嘘つくはずないじゃない」

ユノがやや怒った口調で主張してきた。いやそんな当たり前みたいに言われても。

「でもそれだとおかしいだろ。どうして月宮は途中で俺の恋愛の手助けをするのを止めたんだよ」

それどころか、俺の恋愛の邪魔をするようになってるぞ。

「は？　そんなの決まってるじゃない。なんでかわからないけど姉さんがあんたのことを好きだったからよ」

「なっ……」

不意にユノからそんなことを言われて、俺は言葉に詰まってしまった。

「そりゃ好きな人が目の前で他の女とイチャイチャしてたら嫌でしょう。それもそのイチャイチャは自分の手で作り出したものなんだから、通常の三倍増しくらいは嫌ね」

「そ、それはまあ……そうかもな」

もし天真が他の男子、特にイケメンとイチャイチャしてたら俺はそいつをぶん殴ってしまう自信がある。その気持ちの三倍増しだから……イケメン死んでるな。

「姉さん曰く、はじめは純粋に優吾が好きだから、ラブコメの神様らしく好きな人の恋愛を叶えられるように頑張ってたらしいわ。でも初めて優吾が天真さんに告白をした瞬間、姉さんはあんたへの想いが我慢できなくなって、つい告白の邪魔をしちゃったのよ」

初めての告白。屋上で天真に告白しようとした時に、突然空からパンツの雨が降ってきたやつだ。

「それからよ。姉さんが優吾の恋路を邪魔するようになったのはね」

「そ、そうだったのか……」

ユノの話に俺は驚きを隠せない。

今まで俺は月宮のことをただの自分の恋を邪魔するだけの厄介者だと思っていた。

だが事実は違ったようだ。本当は、月宮は俺と天真が恋人になれるようにサポートをしてくれていたらしい。

だから、俺はいま天真と普通に喋れているし、彼女のメアドも手に入れることが出来ている。要するに、俺が天真とそれなりに親密になれたのは月宮のおかげだってことだ。

「それじゃあ俺は……」

先ほど月宮に伝えてしまった言葉を思い返す。

たしかに、彼女は俺の恋愛を悉く邪魔してきた。

でも、それと同じくらいもしくはそれ以上に彼女は俺の恋愛を助けてくれていたのだ。

それなのに俺はそんな彼女の気持ちも考えずに自分勝手な一言を言ってしまった。

俺は悪くない？　悪いのはあいつ？

違う。全然違う。むしろ悪いのは俺の方じゃないか。

自分の恋愛を最初から月宮に助けてもらっておいて、最後だけ邪魔されたくらいでいちいち喚いて。知らなかったとはいえ、自分が情けない。

「あっ、それ。持ってたのね」

自分の行いを猛省していると、ふとユノが指をさして言った。

彼女が示したのは、俺の手に握られているハムスターのポンポン。

だが完成度としてはそれほど高くはなく、辛うじてハムスターっぽく見えるだけだ。

「あぁこれか。ゴンドラ乗り場に落ちていてな。もしかしたら天真が落としたのかもと思って拾ったんだが、これがどうかしたのか？」

「はぁ!?　あんたそれ、なにかわかってないの!?」

すごい勢いで怒られた。今日のシスコンちょっと恐いよ。

「それはね、姉さんが自分で作ったあんたへのプレゼントよ」

「えっ、プレゼント？」

「そうよ。あんたとのデートの記念に作ったそうよ」

「デートって……」

教室で一回デートじゃないって言ったんだけどな。

「この前はあんたが急に来たせいで何も渡せなかったら、随分気合を入れてそれを作っていたわ」

「この前？　……あぁ、姉妹デートのあれか」

当日、月宮は姉妹デートに俺が来ることを一切知らなかった。

でもそれは俺のせいじゃなくて、ユノが連絡を怠ったせいであって俺は全く悪くない。

「……これが俺へのプレゼントか」

手に持ったポンポンをじっくりと眺める。

正直、出来はあまり良くないし、ハムスターとしてギリギリ認識できるくらい。

そういや月宮は前に裁縫が得意とか言っていたけど、全然じゃないか。

でもなんというか……一生懸命作ったって感じだな。

「なあユノ」

俺はそのポンポンをズボンのポケットの中へそっと入れると、徐に立ち上がった。

「なによ？」

「俺、月宮を探してくるわ」

「ふーん。あっそ。まあ頑張れば」

そっぽを向きながら、ユノはエールを送ってくる。

「ツンデレだな」

「だからツンデレじゃないわよ！」

「はいはい、そうですか」

ユノとお馴染みのやり取りを交わしつつ、俺は月宮を探し出すべく歩き出す。

まず会ったらさっきのことを謝ろう。あれは言い過ぎたと。

あとは……まあ色々と言わなくちゃいけないことがあるわな。

そうするためには、とにかく月宮を見つけないとだけど。

遊園地の敷地内となるとかなり広いが、絶対に月宮を見つけてやるぜ。

「ちょっと待ちなさい優吾」

「なんだ？　いま俺、割とやる気満々でお前の姉を探そうとしてるんだが」

「その必要はなくなったわ。だって姉さん、そこにいるもの」

「……はい？」

聞き間違いかと思って視線を向けると、ユノはある方向に指をさしていた。

その先を目で追っていくと――なんと噴水の向こう側に月宮(つきみや)の姿があった。

彼女はちょうど俺と反対側に位置しているベンチに座っていた。

「…………」

そっか。さっきは噴水の水が吹き出してたから見えなかったけど、今は水が止まっているから向こう側が見えるんだ。

ふむふむ、なるほどねぇ……なんかはずかしっ！


「グスン……グスン……」

陽(ひ)がもう落ちかけている頃。噴水の周りを歩いて月宮の下へと近寄ると、彼女はゴンドラ乗り場の時と同様にすすり声を出しながら泣いていた。

ちなみにユノは俺と月宮の邪魔になるから陰ながら見守っておくわ、と言っていた。

……帰るんじゃないのかよ。

「おい、月宮」

ひとまず声を掛けてみる。だが聞こえていないのか彼女からは反応が返ってこない。

もう少し近づいた方が良いだろうか。そう思って半歩ほど月宮との距離を縮めると、

「優吾(ゆうご)のバカ優吾のバカ優吾のバカ優吾のバカ優吾のバカ優吾のバカ優吾のバカ優吾のバカ優吾のバカ優吾のバカ優吾のバカ優吾のバカ優吾のバカ……」

おうふ。俺が呪(のろ)いのようにバカって言われてる。

まあユノの話を聞いた後だと、これくらい言われてもしょうがないとは思うが。

「おい月宮」

今度こそ確実に聞こえるようなボリュームで名前を呼ぶと、ベンチに座っていた月宮の身体(からだ)がビクン！　と震えた。

それから彼女がゆっくりと顔を上げると、俺と視線が交わる。

「っ！　ゆ、優吾⁉」

月宮は目を見開く。そんな彼女の青い瞳は少し赤くなっており、目尻にはまだ涙が溜(た)まっていた。おそらくここに来てからも相当泣いていたようだ。

「よう。隣、座っていいか？」

「えっ……う、うん」

承諾を得ると、彼女の隣へと腰を下ろした。

それから少しの間、気まずい雰囲気が流れる。

でもまあこうなるのは想定済みだ。ここから何も話さないほど俺もバカじゃない。

きちんと月宮と話して彼女に伝えるべきことは伝えなくてはならない。

「月宮、ごめんな」

「えっ」

俺が話を切り出すと、月宮は驚いたようにこちらへ顔を向けてきた。

「その……さっき、酷いこと言っただろ？　ごめんな」

隣を真っすぐに見据えて言うと、月宮の瞳からぽつりと涙が零れ落ちた。

それに俺は動揺した。また余計なことを言ってしまったのだろうか。

「我は不安だった。これでとうとう優吾に嫌われてしまったのではないかと思って……」

涙声になりながら言葉を進めていく。

そうか。そりゃ好きな人に怒鳴られたらもう嫌われちゃったんじゃないかと思うよな。

「本当にごめん。でもよく聞いてくれ月宮。俺はお前のことを嫌いになってなんかいない」

「っ！　そ、それは本当か？」

月宮に聞き返されて、俺はしっかりと頷いた。

「あぁ。俺は月宮のことを嫌いになってなんかいないぞ」

告白を邪魔された時、確かに腹が立って彼女のことを罵ってしまった。だけど短期間ではあるが月宮のことはそれなりにわかったつもりだ。

彼女は嫌いになるほど悪い子ではない。

「そ、そうか……良かったぁ」

月宮は心の底から安堵したような声を漏らす。それと同じくして目尻に溜まっていた涙が少しだけ頬を伝った。

「優吾に嫌われてなかったのか。そうか、そうか……」

自分で確かめるように何度も言葉に出した。

そんなに心配だったのか。月宮には本当に申し訳ないことをしたな。

「優吾、その……我もすまない」

それから月宮はそう謝罪をする。

「これまで我は優吾の恋愛の邪魔をしてきてしまった。いくら優吾のことが好きだったとはいえ、それはやってはならないことだった。申し訳ない」

月宮は言葉を連ねながら最後には軽く頭を下げて謝る。

彼女もそれなりに自分がしていることはわかっているみたいだ。

俺の恋路を邪魔していることに全く罪悪感を感じていないわけではないらしい。

「だ、だから、その……こ、今後、我はもう優吾の恋愛の邪魔は……」

目を伏せて言い淀みながらも、月宮は何かを言おうとしていた。

たぶん俺はこの先のセリフがわかる。

でも、それは俺にとっては必要のないセリフで。

そのことを月宮にもきちんと伝えなければならない。

「別にいいんじゃないか。俺の恋愛を邪魔しても」

「っ！」

唐突な俺の発言に、月宮は吃驚してこちらへと顔を向けた。

「な、何故そのようなことを言うのだ？」

「だって、自分の好きな人が誰かに取られそうになっていたら何かしてしまうのも無理もないと思うし、それにそもそも俺の恋愛を手助けしてくれていたのもお前だったんだろ？」

「っ！　ど、どうしてそれを……」

そう訊ねると、月宮は明らかに動揺した様子を見せる。

疑っていたわけじゃないが、やはり月宮は俺の恋愛のサポートをしてくれていたらしい。

「さっきユノから聞いたんだ。俺が天真に話しかけやすくなるような状況を作ってくれたり、天真とメアドを交換できるようにしてくれたのは、月宮だってな」

「そ、そうだったのか……」

月宮は微妙な表情を浮かべる。

もしやあまりバレたくないことだったのだろうか。でももしユノが言ってくれなかったら、今でも俺はいまの天真との関係を自分の力で構築できたと勘違いしたままだった。

「なあ月宮。なんでお前は俺の恋愛の手助けをしていたことを俺に明かさなかったんだ？」

なんとなく気になって訊くと、

「そ、そんなものは決まっている。我は優吾（ゆうご）が悲しむと思ったからだ」

「悲しむ？　どうして？」

「……だって、自分の力で恋愛が上手（うま）く行ったわけではないとわかってしまったら、優吾が悲しむことになるだろう」

その言葉でようやくわかった。

今まで俺は自分の力でアピールを続けていたから天真と親密になることが出来たと思い込んでいたが、実はそうではなく天真と仲良くなれたのは月宮のおかげだった。

だから月宮は俺に真実を言わないことで、俺が傷つかないようにしてくれていたんだ。

知らぬ間に他人の力を借りて天真との関係を築いてきたことを、俺が知ったらショックを受けると思ってな。

だって実際は天真と仲良く話せるようになったのも、メアドを交換できたのも、俺の力じゃなくて神様の力のおかげだったんだから。

「すまない優吾」

もう一度謝る月宮。その表情はとても寂しげでいつもの無邪気な彼女には似つかわしくないものだった。

「二回も謝らなくてもいいんだよ。それに俺のために黙っていてくれたんだろ。だったら申し訳なく思う必要なんてどこにもない」

「ゆ、優吾……」

蒼い瞳を潤ませながら、こちらを見据えてくる。

改めてみると、やっぱり月宮って可愛いんだよな。もっと他人と関わり合いを持てばきっとモテるだろうに。

「それで、だ。最初の話に戻るが、俺の恋愛を手助けしてくれていた月宮は別に俺の恋愛を邪魔しても構わない」

言うと、月宮はキョトンとする。先ほどと同様、意味が分からないといった様子だ。

「俺が天真と今みたいな関係になれたのは、月宮のおかげだろ？　俺のために頑張って恋愛のサポートをしてくれたんだろ？」

「そ、それは……そうだ」

「ということは、もし月宮が何もしてくれなかったら俺と天真は未だに一回も話せていない可能性もあったわけだ」

「……ひ、否定は出来ないな」

「つまり俺はお前に天真との仲を取り持ってくれたことに感謝こそすれど、その関係を邪魔することにとやかく言う権利はないんだよ」

今の俺と天真の関係性を作り上げることが出来たのは、月宮の力の割合がかなり大きい。

だから、月宮の力で出来上がった関係を彼女にどうされても俺には何も言う資格がない。

「で、でも……」

「まあ俺としては邪魔しないでいてくれた方が助かるんだが。天真に告白は出来るし、もしかしたら付き合える可能性もあるし……」

「そ、そんなのはダメだ！」

月宮は叫んだ。それからしまった、とばかりに口元を押さえる。ついでに恥ずかしかったのか頬（ほお）も少し赤くなっていた。

「まあ今まで十九回も俺の告白を邪魔してるんだ。そう簡単に止（や）めるなんて出来ないってことだな」

「むぅ……」

軽く笑いながら言うと、月宮は唇を尖（とが）らせてむくれていた。

「あっ、そういえば……」

そこで俺はふとあることを思い出し、ポケットからある物を取り出した。

「これ、お前が作ってくれたんだろ？」

月宮の前へ出したのは、不出来なハムスターのポンポンだ。

「っ！　な、なぜそれを……」

「なんでって、お前が落としたのを俺が拾ったんだ。ユノから聞いたんだが、これが俺へのプレゼントなんだろ？」

そう訊ねると、月宮は少し固まったのち見る見るうちに顔を赤くさせていく。

「そ、そうだ……い、以前、優吾が動物を作って欲しいと言っていたからな」

姉妹デートの時か。確かにそう言った記憶がある。

「月宮、その……ありがとな」

礼を口にすると、それに驚いたのか月宮はパッと顔を上げた。

「このプレゼントもらえて、嬉しかったよ」

「っ～～～～～～～～～～～～～！」

その瞬間、月宮の顔がボッと刹那的に真っ赤に染まった。耳たぶまで赤くなっている。

「そ、そうか……優吾は気に入ってくれたか……」

とても嬉しそうにしながら、月宮は口元を緩ませている。

まあ完成度が何とも言えないことは黙っておこう。プレゼントを貰っておいて文句とか言ったらユノとかにキレられそうだ。下手したら殺されるかも。

「それでな、月宮。もう一回だけ礼を言わせてくれないか？」

「えっと、それはどういうことだ？」

突然の申し出に、月宮は少々困惑する。

「今までのこと、きちんと礼を言いたいんだ」

それはつまり俺の恋愛をここまで進めてくれたこと。彼女は何度も俺の告白を邪魔しているけど、そもそも俺が天真に告白できるような関係になったのは、紛れもなく月宮のおかげなんだ。そこはきちんと言葉で感謝したい。

そうして俺は月宮の両肩をしっかりと掴んだ。掴まれた側は頬を赤らめてオロオロとしていたが、俺は彼女を真っ直ぐに見据える。そして、言った。

「月宮、本当にありがとう」

刹那、先ほどまで止まっていた噴水が勢いよく吹き出した。

それに加えて暗闇の中、辺りはライトアップされ様々な色の光が交差し、視界に映る光景が一瞬で神秘的な空間へと移り変わった。

「綺麗だな……」

ぽつりと月宮が零した。俺も同じ感想を抱いた。

もしこんなところで好きな人に告白出来たら……。そんなことを思っていたら、不意に前方からある気配を感じる。

前を向くと、そこには月宮が目を瞑って唇を尖らせていた。

「…………」

……こいつは一体何をやっているのだろう。

しかもチラチラと薄目でこっちを見て来てるし。

「言っておくが、俺はお前が俺の告白を妨害するのを認めただけであって、天真への気持ちを諦めたわけじゃないからな」

「っ！　そ、そうなのか？　我はてっきり優吾が我のことを好きになったのかと……」

「そんなわけないだろ」

キスモードを解いた月宮に、俺は即座にツッコんだ。

「俺はな、どれだけ妨害されようが必ず天真に自分の想いを届ける。だからお前は存分に俺の恋路を邪魔すればいいさ」

「むぅ、そういう言い方をされると我も本気になるぞ」

「本気？」

って、なんだろ。ちょっと恐い。

「我の魅力を優吾にたっぷりと見せつけて優吾を我にメロメロにしてやるのだ」

「あーはいはい、わかったわ」

「優吾ぉ……」

棒読みで返すと、月宮が涙目になって俺の身体を揺らしてきた。鬱陶しいからやめてね。

それから俺は天真と千歳に月宮が見つかったことをメールで報告すると、数分後噴水前で彼女たちと合流した。

千歳は「二人で変なことしてないだろうね」とからかってきて、天真は「見つかってホントに良かったね」と優しく微笑んでくれた。

俺が天真のことが好きだと改めて実感した瞬間だった。

☆

「ごめんねぇ。実は今日先生に呼び出しされちゃってるんだぁ」

とある日の放課後。友人たちに「一緒に帰ろう」と誘われたが、それを陽毬は両手を合わせて申し訳なさそうに断った。

とても残念そうにしている友人たちの背中を見送ると、陽毬は教員がいる職員室へと向かう――わけではなく、すぐ後ろの彼女の教室へと入った。

「もう誰もいないよね？」

室内に生徒がいないこと確認すると、彼女は真っすぐにある方向へと歩き出す。

そして彼女が立ち止まった場所には一つの席。優吾の席だ。

「この前は危なかったから、念のため」

彼女は首を左右へ動かして、再度生徒が誰もいないことを確認。

「よぉし」

次いでそんな掛け声と共に陽毬は優吾の席からある物を手に取った。

それは優吾の体操着が入っている袋だ。

「よいしょ」

慣れた手つきで袋を開け、体操着を机の上に広げる。

もちろん体操着には『桐島優吾』ときっちり名前が刺繍されていた。

「一週間ぶりくらいかなぁ」

優吾の体操着のズボンを手に持って掲げると、陽毬はそんなことを呟く。

そして彼女はごくりと生唾を飲み込んだあと、そのズボンに思い切り自身の顔をうずめた。それも体育の授業中、常に優吾のデリケートゾーンが当たっている部分に。

「えへへ、優吾くんのにおい～」

陽毬は昨日の体育の授業によってズボンにしみ込んだ優吾の汗の匂いや体臭を一生懸命に吸い込む。

そんな彼女の瞳は蕩け、口元もだらしなく緩みきっている。

普段の彼女からは微塵も想像できない姿だ。

しかし、実際はこちらが本来の天真陽毬と言った方が正しい。

昨年の夏休み明け。

それまで黒髪おかっぱでメガネを掛けていた陽毬はイメチェンを敢行した。

目的は大好きな優吾に相応しい女の子になるため。

結果、イメチェンは大成功。陽毬は他の生徒たちからたちまち『学園のアイドル』とまで呼ばれるようになった。

だがその代わりに優吾と過ごす時間は激減してしまった。

会話の回数は極端に少なくなったし、以前は毎日のように一緒に登下校していたのに今では全く出来なくなってしまった。

優吾のためにイメチェンをしたのに、これでは本末転倒だった。

でもせっかく優吾に見合うくらい可愛くなったのに、また前の姿に戻すのに抵抗があった陽毬はどうにかして減ってしまった優吾との時間を『何か』で埋めようと必死に考えた。

そうした末に思い付いたのが、いまの彼女の『変態行為』である。

「今度はこれ着ちゃおっかなぁ」

そう言って陽毬は制服を脱ぐと、優吾の体操着へと着替え始める。

ちなみに彼女が優吾の体操着に着替えるのはこれが初めてじゃない。九十二回目だ。

「ぐふふ、ひまりが優吾くんになっちゃったよぉ」

優吾の体操着を全身に纏いながら嬉しそうに声を漏らす。

その姿はもはや完全に『変態』としか言いようがなかった。

優吾は陽毬に好意を抱いている。そして陽毬も優吾に想いを寄せている。

一見両想いな二人。

しかし陽毬の本性を優吾はまだ知らない。

彼女が『変態』であると知った時、二人は一体どうなるのだろうか。それはまだ誰にもわからないことである。

エピローグ

「あっ」

ゴールデンウィークが明けた。

周りの生徒たちが連休中の出来事を楽しそうに談笑しながら登校している中、俺は一人通学路を歩いていると校門前でユノと遭遇した。

「おはようツンデレ」

「ええ、おは……って、誰がツンデレよ！」

ユノは頬を膨らませて、ぷんすか怒る。

と、まあこんな具合で神様（妹）といつものやり取りを終えたあと、なりゆきで俺たちは一緒に校舎まで歩くことになった。

「姉さんと仲直りしたみたいね」

ユノから話を振られる。たぶんゴールデンウィーク中の遊園地での一件のことだろう。

「まあそうだな」

「姉さんから聞いたわ。あんた、姉さんに自分から自分の恋愛を邪魔してもいいって言ったらしいじゃない」

「あぁ言ったな」

「バカね。そんなことしたらこれから一生恋愛できなくなるかもしれないわよ」

「一生？　そんなことはないだろ」

「だってそうじゃない。姉さんが一生あんたのことが好きだったらどうするのよ。一生あんたの恋愛を邪魔し続けるわよ」

「……………」

　これは想定外な事実。昨日邪魔してもいいとは言ったが、そこまでは考えてなかった。

「でも一生好きなんて……あり得るのか？」

「優吾は姉さんの初恋の相手だしね、あり得るんじゃない？　あっ、あたしこっちだから」

「……は？」

　なんか今さらっと聞き捨てならないことを言ったような。

　だが昇降口に入った瞬間、ユノは下級生の靴箱がある方へ行ってしまったので、それ以上訊くことは出来なかった。


　午前の授業が終わり昼休みを迎えると、俺は中庭で千歳と一緒に昼食を摂っていた。

　彼女からたまには一緒に食べようと誘われたのでそうした次第だ。

周りには多くの生徒たちが同じように昼食を食べている。主にカップル。羨ましい。

「せっかく遊園地まで行ったのに陽毬ちゃんに告白しなかったんだね」

「タイミングがなかったんだから仕方がないだろ」

二人してベンチに座りながら、この間の遊園地でのことについて話し合う。

「もうこうなったらボクと付き合うしかないんじゃないかな？」

「あーはいはい。そうだな」

「はは、全然真剣に聞いてないね」

「いちいちお前の軽口に反応してたら疲れるからな」

あと千歳と付き合うとか。微塵も想像できない。

「優吾くん」

なんて思っていると、唐突に名前を呼ばれた。

「っ！　て、天真……」

顔を向けると、そこには天真が佇んでいた。おかげで周りの生徒たちが少しざわつく。

「どうしたんだ？」

「その……ひまりね、優吾くんに話したいことがあるんだぁ」

「話したいこと？」

なんだろうか。すごく気になる。

「だからね、ちょっとひまりと一緒に来て欲しいの」

「えっ……」

天真の言葉を聞いて、俺は千歳の方へを目をやる。

「いいよ。行ってきなよ」

千歳は笑顔でそう言ってくれた。さすがわが友よ。恩に着るぜ。

「ごめんね千歳ちゃん」

「全然謝る必要なんてないさ。好きなだけ話してきなよ」

女子二人がそんなやり取りを交わす。

「じゃ、じゃあいいかな？」

「わ、わかった」

それから天真が歩き出すと、俺も彼女に付いていくように中庭を後にした。

その際、後ろから多数男子生徒の殺気を感じた。超怖かった。


天真と共に来た場所は校舎裏だ。

さっき彼女は話があるって言ってたけど、何の話だろう……っ！

もしかして告白とかされたりするんだろうか！

「……優吾くん」

不意に天真は口を開くと、ぽつりと俺の名前を零した。

「にゃ、にゃんだ？」

平静を装ってみようとしたが、がっつり噛んでしまった。俺、カッコ悪い。

「え、えっと……そ、その……」

天真は頬をほんのり染めながら、手をもじもじとさせている
顔は少し下に向けているが、時折チラチラとこちらに向ける視線。まじで可愛すぎる。

「じ、実はね優吾くんに聞きたいことがあって」

「聞きたいこと？」

それに天真はこくりと頷く。

「そ、その……優吾くんは、アテナちゃんと付き合ってるのかな？」

「……はい？」

唐突な問いに俺は当惑した。俺と月宮が付き合う？　なんともファンタジーな質問だな。

「えっと……違うけど」

あっさりと答えると、天真は何故か一瞬固まったあと、

「そっかぁ……」

安心したように大きく息を吐いた。えっ、なに。今のやり取りに一体何の意味があった

の？　全然わからないんだけど。

「その……どうして天真は俺が月宮と付き合っているか、なんて思ったんだ？」

とりあえず気になったので訊ねてみると、

「っ！　そ、それは遊園地に遊びに行ったときに優吾くんがアテナちゃんとすごく仲良くしてたから」

そうだっただろうか。別にそんなことなかったと思うが……

「それにアテナちゃんは優吾くんのこと好きみたいだし、アテナちゃんみたいな可愛い女の子に迫られたら優吾くんもアテナちゃんのことを好きになっちゃうかなって……」

「それはないと思うけどな」

だって俺好きな人いるし。目の前の人がそうだし。

「そ、それってもしかして、優吾くんにはもう彼女がいるってこと？」

グイッと身体を寄せてきた天真。

それに対し俺は反射的に身を引いたが、それでも互いの鼻の先がぶつかりそうなくらいまで近づいた。そして二人の視線が交わる。

「ご、ごめんね。続けて変なことを聞いちゃって……」

直後、天真はすぐに俺から離れると、恥ずかしそうに目を逸らしながらそう言った。

なんとなくだが、彼女の頬の赤みがさっきより増しているような気がした。

「…………」

　これはもしやそういうことなのでは？

　天真は俺が月宮と付き合っていると勘違いしたり、俺に付き合っている人がいるのか気にしている。ということは、やはりそういうことではないだろうか。

　……よし、そういうことにしよう。

「て、天真」

「な、なにかな」

　噛みながら名前を呼ぶと、噛みながら返事をされる。

　それから俺はふぅ、と深呼吸を一つする。

　そして——言った。


「お、俺はお前のことがす——」


　刹那、不意に天真の元から煙が上がった。

「な、なんだ？」

　煙にむせながらそう呟いた。もうなんかこの時点で嫌な予感しかしないんだが……。

「な、なにこれぇ……」

それから暫し経って煙が晴れると、天真のそんな声が聞こえてきた。

俺はすぐさま声がした方に視線を向けると、

「っ！」

なんと天真の胸が巨乳化していた。

詳しく説明すると、いつもは丁度良いサイズのおっぱいが今はグラビアアイドルも顔負けの大きさへと変貌している。

「…………」

そして最高且つ最悪なことに急激に成長したおっぱいに制服が耐えられなかったのか、天真の制服のボタンは全て外れブラジャーも前のフックが壊れて外れていた。

要するに、たったいま天真は胸元が非常に際どい状態になっている。

漫画やアニメで言うところの謎の光線が入る部分は辛うじて隠れてはいるが、谷間はモロ見えだしおっぱいの五割くらいは露わになってしまっている。

でも今回の天真の下着は花柄のモノで、前回と同様にめっちゃ可愛い。

ってか巨乳の天真も全然アリだな。

「……見た？」

なんて思っていると、天真がすぐに胸を隠してそう訊いてきた。

いつかのように瞳には涙が溜まっている。

以前、同じ展開の時に言葉を返したら片言になって上手くいかなかった。

じゃあここは敢えて何も答えずに黙ってみるのはどうだろうか。意外といい線いくかもしれない。

「…………」

「ゆ、優吾くんのエッチ！」

結果、即行で立ち去られた。……ですよねー。

「……で、どうせこれはまたあいつの仕業だよな」

呟いた直後、天真と入れ替わるように屋上に登場したのは銀髪巨乳美少女——月宮だ。

「優吾よ。今回もダメだったな」

そう言って、月宮は誇らしげな笑みを浮かべてきた。

「天真のあれ、元に戻るんだろうな？」

「無論だ。数分も経たずに元に戻るだろう」

「そうか。なら良かった」

あとで全力で天真に謝らなきゃ。じゃないと俺の初恋が終わる。

「そ、その……優吾よ。べ、別に我にも告白をしてきてもいいのだぞ」

胸に手を当てて堂々と言う月宮。だが、顔は真っ赤だ。

「安心しろ。どんなことがあってもお前には告白しない自信がある」

「むぅ、またそういうこと言う……」

月宮は拗ねたように唇を尖らせる。

「そういや、お前に一つ訊きたいことがあったんだ。いいか？」

「訊きたいこと？　我の好きな人か？　それはもちろん優吾だぞ」

「いや違うから」

というかそれは十二分に知っている。

「お前の妹から月宮の初恋の人は俺だって聞いたんだが……それは本当か？」

「あぁ本当だぞ」

月宮はなんだそんなことか、というようなトーンでさらりと答えた
「そ、そうなのか。それはつまり転校してきてからその……俺に恋をしたってことか？」

訊ねると、月宮は首を左右へ振る。

「違うぞ。我が優吾に恋をしたのはそれより少し前だ」

「少し前？」

「優吾はおそらく覚えていないだろうが、今から数年前に我と優吾は出会っているのだ」

「っ！」

月宮の言葉に、俺は一驚した。

高校に入学する以前に俺と月宮が会っている？　本当だろうか？

「そしてその時に我は優吾に恋をした。それが我の初恋だ」

「そ、そうだったのか……」

じゃあ月宮はそれなりの間、俺に好意を抱いていることになるな……。

「どうしたのだ優吾よ。顔が赤いぞ？」

「っ！　べ、別に赤くないけどな！」

「なんだそうか。……我に惚れたのかと思ったのに」

「そんなわけあるか。いいか。改めて言っておくが、俺はたとえお前の邪魔が入っても絶対に天真に告白をしてみせるからな。そしてあわよくば付き合ってみせる！」

「そ、そんなのはダメだぞ！　その前に我が優吾をメロメロにして優吾には我と恋人になってもらうのだ！」

必死に訴える月宮。だが、俺は最後の言葉に引っ掛かりを覚えた。

「俺をメロメロ？　まさかお前、噴水の前で言っていたことをまじでやるつもりなのか？」

「あぁそうだぞ。これから我は優吾の恋を邪魔することも、時には……いや頻繁にするかもしれないが、それよりも優吾を我に惚れさせてしまおうと思っている。そうしたら優吾はもう我以外の女に告白をすることもないだろう？」

「なんて最悪な考えだ」

じゃああれか。今まででも割と積極的な感じだったのに、これからは更にこいつのアタック的なあれが増すのか。

「優吾が天真陽毬へ告白するのが先か、それとも優吾が我に惚れるのが先か。これからは勝負ということだな！」

急に少年漫画っぽいセリフを言う月宮。

ちなみにその勝負、俺が告白出来たとしても成功するかどうかはわからないから、勝負として全く成り立ってないけどな。

そんなことを思いつつ、視線を戻すと月宮は楽しげに笑っていた。

ほんとなんというか……無邪気なやつだな。

正直、この神様といると面倒ごとばかりだ。何かあったら優吾を連発してくるし、やたら好き好きアピールしてくるし、告白は邪魔されるし……でも。

――月宮と一緒にいるのも案外悪くはないな。

そう思い始めている自分もいた。

しかし、だからと言って俺は月宮に惚れるつもりなんて毛頭ないし、当然ながら今後も天真へ告白する方法は本気で模索していく所存だ。

見てろよ、ラブコメの神様。俺は絶対に初恋の人に自分の想いを届けてやるからな。

そして、俺は天真と恋人同士になってみせる！

あとがき

はじめまして。三月（みつき）みどりです。

このたびはデビュー作となるこの本をお手に取ってくださり、誠にありがとうございます。

本作のアイデアは、それまでずっと一般的な学園ラブコメばかりを書いていたので、今度はファンタジー要素を加えた学園ラブコメを書いてみようと思ったことがきっかけで生まれました。

そのアイデアを元にした作品をこうして本として出版することが出来て心から嬉（うれ）しく思っています。

では、最後となりますが謝辞を述べさせていただきたいと思います。

まずはイラストのなえなえ様。可愛（かわい）くて素敵で最高のイラストを描いてくださって本当にありがとうございます。初めてヒロイン達のキャラデザをいただいた時は人生で一番感動しました。ありがとうございます。

担当編集のN様。色々と助けていただきありがとうございます。N様のご意見やご助言がなければ、この作品は完成しませんでした。本当に感謝しています。今後とも、どうぞよろしくお願い致します。

また、審査員の先生方をはじめ、本作に携わってくださった全ての方々にも、心からお礼を申し上げます。本当にありがとうございました。

そしてなにより、この本を手に取って下さったあなたに心から感謝を述べたいと思います。本作を少しでも楽しんでいただけたら幸いです。

皆様、誠にありがとうございました。

MF文庫J

ラブコメの神様なのに俺のラブコメを邪魔するの? だってsukinandamon

2018年12月25日　初版第一刷発行

著者　三月みどり

発行者　三坂泰二

発行　株式会社 KADOKAWA
〒102-8177 東京都千代田区富士見 2-13-3
0570-002-001（ナビダイヤル）

印刷・製本　株式会社廣済堂

Printed in Japan　ISBN 978-4-04-065379-2 C0193

この作品は、第14回MF文庫Jライトノベル新人賞〈佳作〉受賞作品「ラブコメの神様のせいで俺のラブコメは進まない」を改稿・改題したものです。

【 ファンレター、作品のご感想をお待ちしています 】
〒102-0071 東京都千代田区富士見2-13-12
株式会社KADOKAWA　MF文庫J編集部気付「三月みどり先生」係「なえなえ先生」係